盘古斩蟒开天地

桃园三结义

藏王的求婚使者

赵州桥

牛郎星和织女星

秃尾巴老李

十二生肖的来历

猎人海力布

中国民间故事

上

刘守华　陈丽梅 主编

长江出版传媒　长江文艺出版社

图书在版编目（CIP）数据

中国民间故事：全二册 / 刘守华，陈丽梅主编. --武汉：长江文艺出版社，2023.9
（百读不厌的经典故事）
ISBN 978-7-5702-3084-6

Ⅰ.①中… Ⅱ.①刘… ②陈… Ⅲ.①民间故事－作品集－中国 Ⅳ.①I277.3

中国国家版本馆CIP数据核字(2023)第071916号

中国民间故事
ZHONGGUO MINJIAN GUSHI

责任编辑：叶　露	责任校对：毛季慧
封面设计：一壹图书	责任印制：邱　莉　胡丽平

出版： 长江出版传媒　长江文艺出版社
地址：武汉市雄楚大街268号　　邮编：430070
发行：长江文艺出版社
http://www.cjlap.com
印刷：武汉中科兴业印务有限公司

开本：720毫米×1000毫米	1/16	印张：19.75	插页：8页
版次：2023年9月第1版		2023年9月第1次印刷	
字数：242千字			

定价：56.00元（全二册）

版权所有，盗版必究（举报电话：027—87679308　87679310）
（图书出现印装问题，本社负责调换）

前　言

　　民间故事是人们十分熟悉和喜爱的一种口头语言艺术。讲故事是古今贯通、遍及世界每个角落的文化娱乐活动。许多优美故事伴随人们度过美妙的童年，在他们的心灵上烙下终生难忘的印记。《意大利童话》的编者、著名作家卡尔维诺在该书中文版题词中写道："民间故事是最通俗的艺术形式，同时也是一个国家和民族的灵魂。我热爱中国民间故事，对它们一向百读不厌。"我多次引述这段精妙的题词，作为吸引人们关注民间故事艺术的导引。

　　中国作为一个包含56个兄弟民族，且幅员辽阔、历史文化悠久的大国，拥有丰饶优美的民间故事。2017年6月中国民间文艺家协会第九次代表大会鲜明指出："民间文艺是传统文化遗产中最基本、最生动、最丰富的组成部分，印刻着中华民族独特的文化记忆和审美风格，值得我们礼敬和传承。"这其间的三个"最"字，本是中国文化巨匠郭沫若先生1950年3月在中国民间文艺研究会成立大会上，评价民间文艺的宝贵价值时所特意强调的，60多年后被郑重引述，更觉意味深长。中国民间文艺的样式绚丽多彩，美不胜收，其中民间故事（其广义则含神话、传说、童话、笑话等在内）又格外丰饶优美。新时期在实施编纂民间文学集成这一浩大文化工程时，普查所得的民间故事达183万余篇，被誉为故事讲述家的达9000多人。2009年全套问世的《中国民间故事集成》30卷，所选录的各类故事近两万篇。除省卷，即国家卷本外，由此衍生而来的地方卷本、资料本及各种品位的选编本等广泛问世，构成一项十分珍贵的文化财富。许多出色的故事村落、故事讲述家，近几年又被列入不同层级的非物质文化遗产保护名录之中，而彰显异彩，载誉中华。我们同长江文艺出版社合作，选编这套《中国民间故事》，就是由此而来的。

在中华"故事海"中精选一套故事书，实非易事。我们的意图与做法可以大体归纳为如下几点：

按故事的广义，选取神话、传说、故事（其中又含有幻想故事即童话、生活故事、动物故事、寓言、笑话等）中的代表作。主体为现代人的口头叙说，而后经另一人记录写定的文本；也选取了数篇古代文人著录的古代故事。这些代表作来自东西南北、古今贯通的中华沃土之上，以期全景式展现中华口头故事百花竞艳的美妙。

民间故事的艺术世界宽广无涯、绚丽多姿，或机智幽默、沁人心脾，或想象瑰丽、奇妙动人。许多故事以神仙宝物、精灵鬼怪等构造超人世界来吸引读者，这些角色、母题往往同民间的古老习俗、信仰等相关联，却已经历史地演进为曲折表达民众美好意愿的诗学手段。在现代的文化语境中，我们须加科学分析、合理看待。

现代民俗学和故事学对世界民间故事的研究已获得丰硕成果。由于民间故事的流传，具有大同小异、多种说法并存的生态特点，将众多故事异文划分为若干类型和母题进行清理、评说，已成为学科共识。因而本书选编故事也据此方法，力求在对同一类型故事如"灰姑娘""田螺姑娘""求好运"等所拥有的多种异文作精细比较之后择优选定。这样，一篇故事就常常成为一个故事类型的代表性文本，从而使本书中的众多故事，更能彰显中华故事百花园的魅力了。

这里还须特别指出，许多年来，由于人们在学理上对民间文学创作与传承的集体性的误解，从而导致对相关口头传承人的个性特征、个人创造性的漠视，以致许多"不识字的作家"的姓名在出版物中均被湮没。《中国民间故事集成》这部大书的编纂，坚持民间文学作品采录写定的科学性，将所有文本的讲述者、采录者，乃至采录的时间、地点均翔实列出，受到学界一致好评。我们在编选这套故事书时，也按照这一规范，一一注明故事口述者及采录者（或搜集整理者）的姓名。这些人中，已有相当数量在国家实施的非物质文化遗产保护工程中，被列入地方非遗传承人或国家非遗传承人名录之中，受到前所未有之保护与尊重。因而这不只是编排体例的变更，而是透出社会对这些民族、民间文化传承者的礼敬。

还须说明的是，本书对中国各族民间故事的精选，力求达到学术性与可读性的结合，即雅俗共赏。在吸取相关领域研究成果与共识的同时，着力使这些故事为大众、特别是青少年所喜爱，而滋润其心田。怎样选取那些既有奇巧意趣、读来津津有味，而又蕴含良知美德的故事，使之能成为一份有益于大众、特别是青少年的宝贵精神食粮，成为我们反复琢磨的课题。作为中国传统文化的重要组成部分，又是大众日常生活伴侣的民间故事，其开发利用，正越来越受到人们重视。这份宝贵文化遗产的创造性转化有多种方式，除去粗取精的选编而外，按照读者审美需求"改写"或"改编"为阅读、视听文本，以更灵活便捷的方式走进大众心田，也是值得提倡的。本书就此特地选取了儿童文学家一苇"改写"的两篇故事，以添色增彩。

我们夫妇俩是华中师范大学从事民间文学和心理学教学与研究，现已年逾八旬的老教师。我们合作选编过几种民间故事，2004年还同日本、韩国的学人合作编纂《中国、日本、韩国民间故事集》，以三种文字对照的特殊体例出版发行，由一位日本政府前首相写作序文，认真推荐，他热切期望，以民间故事书在"亚洲儿童的心上架起巨大的桥梁"。在武汉市空前的高温与酷暑中，我俩受约新编这套中国民间故事选集，虽竭尽心力孜孜以求，仍觉力有不逮，未遂己愿，更难尽人意，只好期待成书后得到读者的批评和谅解了。

编者

2017年8月8日

目 录

盘古斩蟒开天地	1
烈山神农	3
尧王传舜	6
大禹王的传说	8
桃园三结义	14
秦始皇赶山	17
神鱼送屈原	22
药王孙思邈	25
青稞种子的来历	29
藏王的求婚使者	43
赵州桥	48
黄鹤楼	52

八仙闹海	55
刘三姐唱歌得坐鲤鱼岩	59
牛郎星和织女星	65
白蛇的传说	68
梁山伯与祝英台	78
孟姜女的传说	85
秃尾巴老李	92
打虎匠招徒	97
斗鼠记	101
十二生肖的来历	104
盘瓠王	108
黑马张三哥	115
鲁班学艺	121
车勒布库	130

斯坎德尔国王和他的继承人	134
高亮赶水	138
猎人海力布	142

盘古斩蟒开天地

（湖北）

古时候，世界上没有别人，只有混沌山上的盘古氏。

盘古活了一万两千年，慢慢化成了人形；又过了一万两千年，肚子里才长出了一颗心，眼睛也才能看清世界上的东西。这时，世界还是一片浑浑蒙蒙的，天地间只有一股青气和一股黄气。青气一来，大风吼叫；黄气一来，飞沙走石。

久而久之，盘古看出点名堂来了：那青气中有条青蟒作怪，黄气中有条黄蟒作怪，这才弄得整个世界风沙弥漫。盘古想，要是把这两条蟒制伏了，世界就不会再混沌了。有一次，一阵狂风狂沙，把盘古吹到半空中颠来倒去，好半天才将盘古猛甩下来，落在一个深山洞口。只见那山洞深处金光闪闪，原来是块神铁，一尺二寸长，八寸宽，两头大，中间细，一面薄，一面厚，中间还有个圆洞。他拿起神铁，在乾坤石上磨了三年，装上一根木柄，做成了一把斧头。他舞了舞斧头，树擦着树倒，石头碰着石裂。正在这时，那两条大蟒又搅在一起，飞沙走石。盘古举起斧子向大蟒砍去。"轰隆"一声，蟒被砍死了，风也息了，沙也停了。只见一股青气朝上飘，越飘越高，成了天；那股黄气，化成了泥土，直往下坠，成了地。盘古又将两条蟒的尸体装进了一个圆木盘内。

盘古降伏了两条大蟒，天渐渐高了，地也越来越厚，混沌世界清明了。他又四处奔走，跑遍了大山沼泽，在昆仑山山洞中，发现了伏羲氏；在太乙山山洞中，找出了有巢氏；在伏牛山遇见了鸿钧老祖；在西边的大山沟里会见了燃灯古佛；泰山的燧人氏也从山洞中出来了；天马山的神农氏也下了山。盘古把他们邀集在一堆，商量创建世界的事。这些人说，盘古的功劳最大，就尊他为皇，称盘古为上皇。盘古又给这些人分了工，各人做好一件事：有巢氏筑巢躲风避雨；燧人氏钻木取火种；神农氏耕地种粮食；伏羲氏观看形势、报告凶吉；鸿钧老祖和燃灯古佛找出害人怪物，惩罚它们。

后来有巢氏架成了房屋；燧人氏弄到了火种；神农氏种出了五谷，找到了治病的百草；伏羲氏用盘古装蟒的圆木盘做成了八卦太极图，把青黄二蟒定为两仪，表示阴阳二气，旋动八卦，就能预知凶吉；鸿钧老祖和燃灯古佛琢磨出道佛两教，教化生灵，惩凶扬善。

讲述：周海山
采录：徐再跃
选自《中国民间故事集成·湖北卷》

烈山神农

（湖北）

厉山，原先叫烈山，传说是神农皇帝①出生的地方。

古时候，五谷和杂草混在一起，什么禾米能吃，什么草能治病，谁也分不清。人们住的是山洞，穿的是树叶，吃的是打来的鸟兽。

烈山有个妇女，名叫安登。这天夜晚，她做了一个稀奇梦，梦见两条小龙在她身前、身后团团转，随你②怎么赶也赶不走。小龙玩累了，就靠在她怀里睡。安登惊醒后，觉得很奇怪。打这以后，她的肚子一天天沉重起来，不知不觉过了十个月。一天，安登从外头往回赶，走到半路，肚子发作了，晓得要生，就连走带跑。跑到离洞口只差一步，实在走不动了，一伙③倒在草窝里，生下两个儿子。大的取名叫厉，小的叫庶。

---

① 神农皇帝：即厉山氏炎帝神农。传说为医药、农耕之祖。今随州有厉山和厉山镇。
② 随你：不管你。
③ 一伙：一下，本书中的"一伙子""几伙子"中的"伙"，意同。

你说怪不怪，厉一生下地，肚子透亮，里头五脏六腑看得一清二楚。他三天会说话，五天能走路，七天长了满口牙齿，三岁的时候会把草籽埋到土里，尽①它出苗、结籽当玩意儿玩。厉长大成人后，看到人们吃得没得名堂，生了病坐那儿等死，他就想给地上百草理个头绪，哪些能吃，哪些能治病。他每天尝几百种花草，察看各种花草在肚子里起啥作用，然后记下来。这样，他总共尝了四十四万五千种花草，总算分清了能吃的五谷，辨别了能治病的药草。自己晓得了，又对别个说。

他还教大家耕田种地。那时候，平地没有堰坑，河水干枯了。厉在烈山挖了九口井，井水清亮亮的。这九口井还有一怪，一井打水九井动，井井相通。

那时候没有村庄，没有街道集市。厉带领大家在头道河②边盖了一百间草房，叫人们赶在太阳当顶时上市。从那时起，每到日头当顶，人们就带着五谷或各种药草，来到"百屋集"做买卖。这才兴起了集市。

从此，人们饿了有饭吃，病了有药治。这都是厉带来的好处呀！人们称厉是天降的神农、农夫的始祖，拜他为神农皇帝。过了四十年，他跟兄弟庶交代了一声，带领一些人离开了。神农走后，烈山百姓怀念他，便将烈山改名为厉山，将他出生的山洞改名为厉山洞③，还在洞口的西边修了一座庙，横匾上写了四个大字：神农旧府。

讲述：龚炎
采录：杨传明

---

① 尽：这里是让的意思。
② 头道河：现为"三道河"，在厉山西三华里处。
③ 厉山洞：也叫"神农洞"，在厉山南。

附记：

相传炎帝神农氏生于烈山。烈山即随州厉山镇。当地有传说中他的出生地神农洞和明朝万历年间立的神农碑等等。在神农架有传说，厉从厉山来到神农架，尝过百草，历尽艰辛，当地很多药物和地名都与他有关。

尧王传舜

(山西)

舜在厉山上开荒种地，收成好，待人好，厉山一带的老百姓都愿意靠近他。独家庄变成了小村庄，时间不长就成了个大村子。大伙儿都照着舜的样子学，互相亲亲热热，和和气气，像一家人，不光是没有人吵嘴打架、争田夺地，而且你敬我爱，互相让起田界来。舜勤俭、和气、能干的名声越传越远。

当时，尧王爷坐天下。尧王爷眼看年纪大了，儿子又不成器，他不情愿叫天下老百姓以后受害，就时常打听哪里有贤良的人，好把天下让给他坐。舜的名声越传越大，尧王爷听说了，亲自跑到厉山去打听，打听确实后，就指派他的九个儿子去和舜一起生活、劳动，看看他到底是一块真金还是烂铜。过了一些时日，尧王爷的儿子都回到尧都，除了大儿子丹朱没说好话，其余的都说舜是个贤良又有才干的人，可以把天下让给他。

尧王爷心里还不踏实，他把舜叫到朝廷里，让他先做了管农业的官，后来又做了管法律的官，再后来又做了管教育的官……朝廷里的各个官,舜都做遍了,样样干得好。尧决定再做最后一次考试。

这一天,满天黑云,压得人头都快抬不起来了。眼看大雷雨就来了,尧王爷派人把舜送到预先选好的大山林里,叫他等到大雷雨来了以后,一个人设法回去。这次主要是看看舜的胆量和勇气。

那个大山林里,有的是豺狼虎豹、毒蛇怪兽。可那些东西见了舜,远远地就避开了。为啥?因为舜是重明鸟托生的,他眼窝里有两个瞳仁,可以避妖驱邪。不管是毒蛇猛兽,还是妖魔鬼怪,只要舜一睁眼,它们就不顾命地逃跑了。这些,舜自己并不知道。

舜一个人在大山林里等了一会儿,真的大雷雨来了。山林里乌黑一片,狂风呜呜叫,水桶粗的大树都被刮断了;天像漏了底,大雨直往下浇。可舜胆子大,心眼好,既不惊慌,也不迷向,冒着大雷雨顺顺当当走出山林,走回去了。

最后一次考试,舜又得了满分,尧王爷彻底放心了,就把天下让给他坐。

讲述:李土龙

采录:王吉文

选自《中国民间故事集成·山西卷》

大禹王的传说

(四川·羌族)

在岷江上游羌族居住的石纽地方,出了一个了不起的人物。他生下来三天就会说话,三个月就会走路,三岁就成了一个壮实的汉子。他就是羌族人感激不尽的大禹王。

石纽出世

木比塔是天上管众神的神。在他手下的众神当中,有两个怪性子的神,一个管水,一个管火。这两个神都是火暴性子,只要一见面就争吵不休,水火不相容嘛。有一天,这两个神又在天上吵起嘴来,争论谁的本事大。水神说:"天下离不开水,没有水万物都要干死,石头都要裂口。"火神说:"天下离不开火,要是没有火的光焰照着大地,万物都要阴死,石头都要生霉。"两个神越吵越凶,最后干脆动起手来了。火神拿起金枪,水神举起银枪,杀得天昏地暗,一连大战了三七二十一天,把天上地下打得个一塌糊涂。最后水神败了下来,被打下了人间。这个怪物把肚子里头所有的气都出在老百姓身上,他像瞎了眼的野牛一样,东一头、西一头地乱撞,跑到哪里,哪里就发大水,淹没田地、寨房和牛羊,给老百姓带来了数不清的灾难。

天神木比塔知道了这个怪物在人间干的坏事,就准备派一个治水的英雄来到人间。就在这天夜里,石纽山上空祥云密布,金光四射,一个羌家妇女生下了怀胎十年的儿子大禹。他生下来时满身血污,母亲把他放进金锣岩边一个水塘中去洗,把一塘水都洗红了。有人说现在那塘水每到八月十五晚上,在月光底下看还是红的。禹被水一惊,哇哇大哭起来,惊动了天神木比塔,他就为大禹出世下了三天三夜的金雨。当地的人见满山满地都是黄澄澄的石头,就问大禹是不是金子。大禹晓得金子对老百姓来说不是好东西,它会引起争夺和械斗,就说:"啥金子?狗金子。"这就是当地人喊的"狗金子"。现在羌民们还能在石纽山沟中挖到这种狗金子,也就是现在说的"自然铜"。

涂山联姻

禹慢慢长大了,他看见大水给百姓带来无数灾害,决心要为民除害,造福人间,就带领羌民用青杠树烧灰去堵洪水。可是这里堵上那里又冒出来了,四面都是堵不住的水。大禹想,一定要把水路弄清楚才行。老年人告诉他说:石纽山对门的涂山高,能看见很远的水流方向。大禹就翻过高山大岩,去涂山观水路。当他快要走到涂山顶上时,听见有人在树林边吹羌笛。原来是一个年轻漂亮的羌家女子,她眼睛像星星,脸色像桃花,身穿长衫,头顶花帕,正在专心地吹笛子,身边有一大群猪,立起耳朵在听她吹奏,一块石头上放着一张羊皮地图。大禹见是一个女子,正要离开,那女子却先说话了:"偷听笛子的可是大禹吗?"大禹连忙说:"是我。"又问,"你咋个知道我的名字呢?"女子说:"我已经等你好几天了。"大禹觉得奇怪:"你等我做啥?"女子说:

"天下大水成灾，百姓苦得很。前几天，天神木比塔托梦给我说，石纽寨有个治水的英雄叫大禹，要来求问水流的方向，专门叫我在这儿等你，把我涂山祖传的三江九水的路图送给你。"说完双手捧起那张羊皮图。大禹很感激，就问："姑娘你叫什么？"姑娘说："我家住涂山，人们都叫我涂山氏。"

两人情投意合，就拜天地，结成了夫妇。

背岭导江

大禹从图上弄清了三江九水的流向，认为只有引水出山，才能把洪水导入大海。大禹要沿江而上，去看看是哪些山挡住了水的去路。涂山氏用五彩金线在他的鞋帮上绣上了两朵彩云，使他行走如飞。这就是流传到现在的羌人穿的"云云鞋"。

大禹治水的决心感动了住在弓杠岭脚下的一条黄龙，它飞到大禹身边，让大禹骑在它身上顺江上游，帮大禹查清水路。大禹很感激黄龙的帮助，求天神木比塔封黄龙为神。黄龙不愿受封，藏卧大山脚下。后人感谢它对大禹的帮助，在松潘修黄龙寺纪念它，现在透过清水还能看见黄龙的脊背。

大禹沿江查清了水路，决心要除去几座阻挡水路的大山。岷江水流到古广柔这个地方时，被一座大山岭挡住了去路。每到七八月份"烂秋雨"，几百条山沟的水都一齐涌进岷江，水被大山挡住流不出去。山前的好多房屋、田地都要被洪水淹没。山后平原大坝的水稻地，因为大山挡路，水流不过来，田干得像马龟的背一样尽是口子，老百姓吃水很困难，都说水贵如油。

大禹决心要除去这个挡路的大山。人们看见大禹一个人来到江边，甩开膀子，迈起八字脚，朝着太阳升起的地方深深地吸了一口气，然后

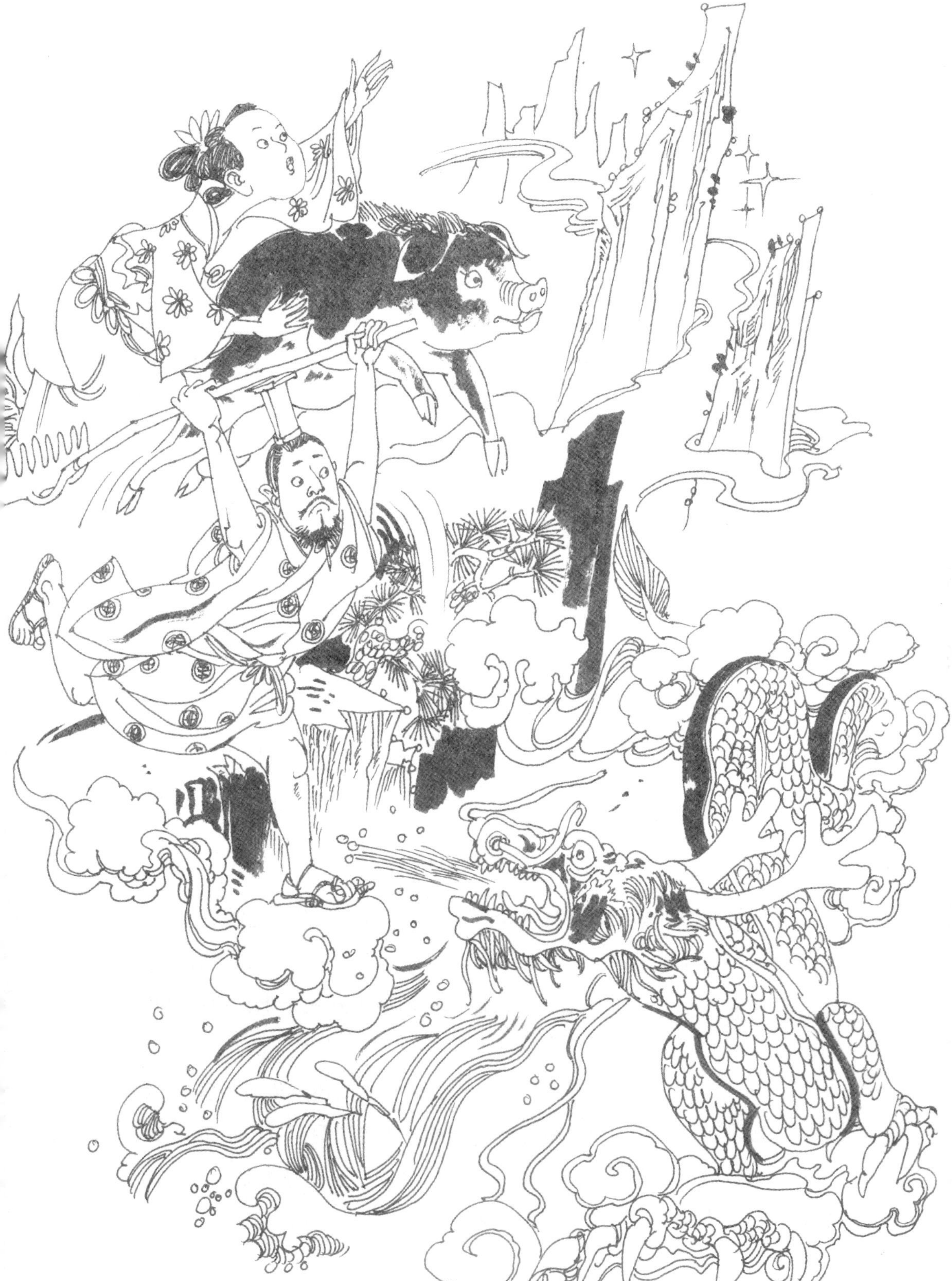

伸出粗壮的手，反背过来，倒抠着大山上的岩石。只听"轰隆"一声，大禹把那挡住水路的大山背起来摔到一边去了。当地的老百姓感激禹王爷给人民带来的幸福，就把这座被禹王爷背开的大山叫"禹背岭"。

九顶镇龙

古茂州的百姓告诉大禹，在茂州的大江里有一条乌龙，它经常在发大水的时候出来显威。它的尾巴一甩，就要推平几座山；它的口一张，就要吞食千百牛羊。百姓没有办法，只好在大水到来的时候，赶着牛群羊群去献给它，百姓叫苦连天。大禹从天神木比塔那里借来了九钉神耙，同乌龙大战，四方羌民都来为大禹助威，涂山氏亲自擂响岷江边上的一面石鼓。经过大禹与羌民的齐心奋战，乌龙终于被制伏在岷江边上。大禹把手中的钉耙用力投向乌龙，化作九顶山峰压住乌龙，使它再也不能出来作孽。

这山就是现在茂县东南的九顶山。茂县现在还有当年涂山氏擂石鼓这个地方。

化猪拱山

涂山氏看见大禹治水，成天东奔西走，九年中三次经过家门都不回屋一趟，决心要帮助他开山导水。涂山氏本是天上神女下凡，她求天神木比塔把自己变成一头神猪，每天黑夜悄悄地来到大山下，用嘴拱山，给江水开路，鸡叫前又变成人回到涂山。一天，天亮后，大禹来到江边看水，发现挡住水的大山被推平了许多，岩石上面还有猪毛和血迹，以后，天天都是这样。大禹觉得奇怪，夜里来江边观看，见挡水路的那座大山正在慢慢垮下去，水通过山口，向东流去。大禹睁大眼睛仔细看，原来有一头小山包一样的猪，浑身泥污，正在用力拱山。大禹正要上前致谢，那猪看见大禹来了，夺路就逃，却被大禹一把拉住，现出了原形。涂山氏见大禹识破了自己，觉得自身太丑，没有脸见丈夫，便化成神猪沿江向西跑。她一口气跑到了古西凉国。当地的人知道涂山氏化猪为大禹拱山、为天下百姓造福的事后，立誓子孙不吃猪肉，以表示对涂山氏的尊敬。

讲述：李树芬

采录：张旭刚

选自《中国民间故事集成·四川卷》

附记：

据传说，夏禹是羌人的后裔。《史记·六国年表》说："禹兴于西羌。"《吴越春秋·越王无余外传》谓："鲧娶于有莘氏之女，名曰女嬉，年壮未孳，嬉于砥山，意为人所感，因而妊孕，到胁而产高密。家于羌，地曰石纽。石纽，在蜀西川也。"《艺文类聚》卷十一与《太平御览》卷八十二引皇甫谧《帝王世纪》说："伯禹夏后氏，姒姓也，生于石纽……长于西羌，西羌夷（人）也。"谯周《蜀本纪》亦称："禹本汶山广柔县人也，生于石纽。"石纽之所在，《括地志》说，"茂州汶川县石纽山在县西七十三里"。常璩"石纽，古汶川郡也。崇伯得有莘氏女，活水，行天下，而生禹于石纽之刳儿坪"。在汶川、北川，还有许多与之有关的古迹，如刳儿坪圣母祠，有碑曰"石纽山圣母祠"，有禹王宫、洗儿池，传说是圣母生禹后为禹洗涤之处。在四川羌族地区，不仅流传着许多关于大禹出生、婚配、治水的传说，而且从漩口至岷江源头的雪宝顶下的黄龙风景区、北川风景区，许多地名、山名的沿革含义都与大禹的活动、生活起居乃至后人对他的敬仰、赞扬有关。

桃园三结义

(河北)

刘备、关羽和张飞要在桃园结拜为异姓兄弟。传说他们先是按年龄大小排的。开始三个人心里都想当老大,又不好意思明争,你报多大,他也随着报多大,结果三人报的出生年月日都一样。刘备说:"这真是太巧了,同年同月同日生,可总不会是同时辰吧?"

关羽说:"对,咱们就按生辰的早晚论大小好了!"

张飞一听这话,心想,嗯,我得抢先报个最早时辰,叫他俩没法比我再早,这大哥就是我的了。就说:"俺老张是天刚刚亮的时候生。"

关羽接着说:"俺关某是公鸡刚叫的时候生。"

刘备不紧不慢地说:"我嘛,我是鼓打三更,刚过半夜的时候生。"

张飞听他俩说罢,两眼一瞪,说:"怎么,你们把后半夜都算上了!"

刘备说:"半夜子时是一天的开始。"

张飞说:"你俩报的生辰我不相信。"

刘备说:"那你说怎么办?"

张飞说:"依我说,咱们排行应该按本领,谁的本领大,谁就是大哥。"

刘备笑了笑说:"那咱们就比比看。谁能把鸡毛扔到房上去,谁就是大哥。"

张飞找来一只死鸡,拔了根鸡毛就往上扔,连扔几次都没扔上去。

关羽也拿起一根鸡毛,憋足了劲儿用力往上扔,照样扔不上去。

轮到刘备了,他提起那只死鸡轻轻一扔,就扔到房顶上去了。

张飞一看急了眼:"你扔鸡,那不算!"

刘备说:"可我把鸡毛也扔上去了,你能说鸡毛没上房吗?"

张飞只好认输。但他仍不服气,又提出比上树。

刘备说:"可以,老关你看怎么样呀?"

关羽说:"那就比上树吧!"

三人来到园中一棵大树下,张飞和关羽都争着往上爬,刘备坐在树根下不动弹。

张飞"噌噌噌"三下两下就蹿到树尖上去了。他在树顶往下一看,关羽只上了半截,刘备还在树下,就高兴地大叫:"哈哈,这回大哥该是我的了,关羽老二……"

没等他说完,刘备开口说:"你呀,还得当老三。"

张飞火了:"你不讲理,我先上到顶了,为什么不让我当大哥?"

刘备不紧不慢地说:"我问你,树是先长根还是先长尖儿?"

张飞说:"当然先长根。"

刘备说:"这不结了,先长根,自然根为大,后长尖,自然就是尖为幼。你跑到尖上去了,还不是小弟吗?"

这下,张飞傻眼了,有心不认账,觉得办事儿只能一二,不能再三,失去了信用,不能算男子汉大丈夫,只好认输。关羽也觉得自己的智谋实在不如刘备,应该尊他为兄。

就这样,刘备当了大哥,关羽排为老二,张飞落了个三弟。三人焚香盟誓,结拜为异姓兄弟。

讲述:柳文如

采录:史简

选自《中国民间故事集成·河北卷》

秦始皇赶山

（江西）

传说，庐山是秦始皇用他的一根神鞭，从长安赶到这儿来的。

秦始皇修筑万里长城的时候，在全国各地抓了很多老百姓，这当中也有一部分是读书的人。这些人平时只晓得啃书本，现在整天要他们挑砖运土，叫他们怎么吃得消呢？全都瘦得猴子一样，一个个叫苦连天。

这天，黎山老母打坐天宫，忽然看见一股怨气冲上天空。她拨开云雾一看，见那些修筑长城的人，全被扁担压弯了腰，连走路都走不稳。黎山老母心里不忍，便拿出一把红丝线，往下一丢，那些红丝线便在空中散了开来，飘飘忽忽的，随着风往下落，一根根捆在那些挑担子的人的扁担上。黎山老母丢下的这些红丝线，都是仙家的宝物，一捆在扁担上，担子就轻了七八成。真是救了那些人的命啊！

这件事也不知道怎么被秦始皇知道了。他就想：这是什么红丝线，竟会有这样的神通呢？说不定是什么仙家的宝物。秦始皇这么一想，就下了一道圣旨，把那红丝线全部收拢来，他要另派用场。秦始皇圣旨一下，下面那些官员就跑断了腿。当天晚上，趁那些做苦工的人睡着了的时候，他们便派人把扁担上的红丝线一根根解下来，第二天，用一匹快马送进了皇宫。

秦始皇拿着那些红丝线，看了又看。每一根都是细细的、亮亮的，怎么用力拉也拉不断。秦始皇又想了想：一根红线就有这么大威力，如果把红丝线全拧在一起呢？那不就威力无比了吗？秦始皇就想了个主意，选了几个手艺巧的人，把这些红丝线编啊绞啊，一直编绞了三天三夜，终于编成了一条又粗又长的鞭子。秦始皇非常高兴，他要亲自试试这根神鞭的威力。

秦始皇摆驾出了长安，前呼后拥地来到骊山，下了龙辇。他手握神鞭，对着骊山"呼"地就抽了一鞭。这一鞭抽下去可不得了啦！就听得"轰隆隆"一声响，飞沙走石，就像用斧头砍了一样，把骊山劈掉了一半，连秦始皇也吃了一惊。好厉害啊！真是一条赶山鞭啊！有了这条神鞭，秦始皇就抖起了威风。对！我要赶着骊山去把东海填掉，也让天下的人都知道我的本事。秦始皇这么一想，就"啪啪啪啪"一连抽了九十九鞭，把劈下的那半边山抽成了九十九个山包，九十九个山洼，变成了九十九座奇峰，九十九个险谷。秦始皇又一路挥着鞭子，赶着山直往东海跑。

秦始皇要赶山填东海，这可把东海龙王吓到了。他赶忙出了龙宫，腾云驾雾上了天庭，向玉皇大帝启奏，说秦始皇要赶山填他的东海，请玉皇大帝救他。玉皇大帝听了也有些为难，秦始皇是真命天子，又不能随便杀他。想了想，便下了一道圣旨，命龙王的女儿三公主去阻止秦始皇赶山填海。

三公主领了玉皇大帝的圣旨，摇身一变，变成了一个很漂亮的村姑，在秦始皇要经过的长江边上，摆了个茶摊，在那里等着。过不了几天，秦始皇真的赶着山来了。他这一路上走得急，又不停地挥动着鞭子，早已经累得不行了。过了长江，老远就看见一个斗大的"茶"字，又闻到一股清香味，走近一看，原来是一个茶摊。秦始皇很高兴，就想坐下来休息一下，喝几口清茶，养足了精神再来赶山。

秦始皇握着赶山神鞭，进了茶摊，一眼就看见了那个卖茶的村姑。啊呀！长得真漂亮，一双眼睛像清泉一样，笑起来脸上一对酒窝，真是赛过天仙啊！秦始皇看得眼睛都发直了。心里想：我有三宫六院，七十二妃，没一个能比得上她。像这样漂亮的女子，我何不把她选进宫去呢？秦始皇正想得美滋滋的，三公主朝他微微一笑，说："客官，想必是要喝茶吧，请坐，请坐！"三公主这一笑一热乎，秦始皇连骨头都酥了。他坐在凳子上，眼睛就没有离开过三公主。

三公主笑眯眯地给秦始皇泡上一杯香茶，说："这是我们山里自己种的茶，客官请不要见怪。"秦始皇喝了一口，说："唔，果然是好茶。请问姑娘尊姓大名，怎么一个人在这儿卖茶？"

三公主说："奴家名叫海姑，家住南山下，因家境贫苦，生活艰难，才卖茶糊口。"

秦始皇一听，心里更加高兴。他拿出皇帝的架子，说："实话告诉你，我是当今皇上，也算你有造化，遇见了我。你只要随我进宫去，保管你穿的是绫罗绸缎，吃的是山珍海味，一天到晚都有人服侍你，保你享一辈子的福！"

三公主故意装得很吃惊的样子，赶紧低下头，不作声。秦始皇以为她不肯跟他走，说："我还可以给你造一座美丽的宫殿，任你游玩，这下你总该高兴了吧？"

三公主还是摇摇头，不出声。秦始皇更急了，说："那你要什么呢？我是皇帝，这天下的一切都是我的，只要你要，我都可以给你。"

三公主见秦始皇总是握着那根赶山神鞭，一刻也不松手，便心生一

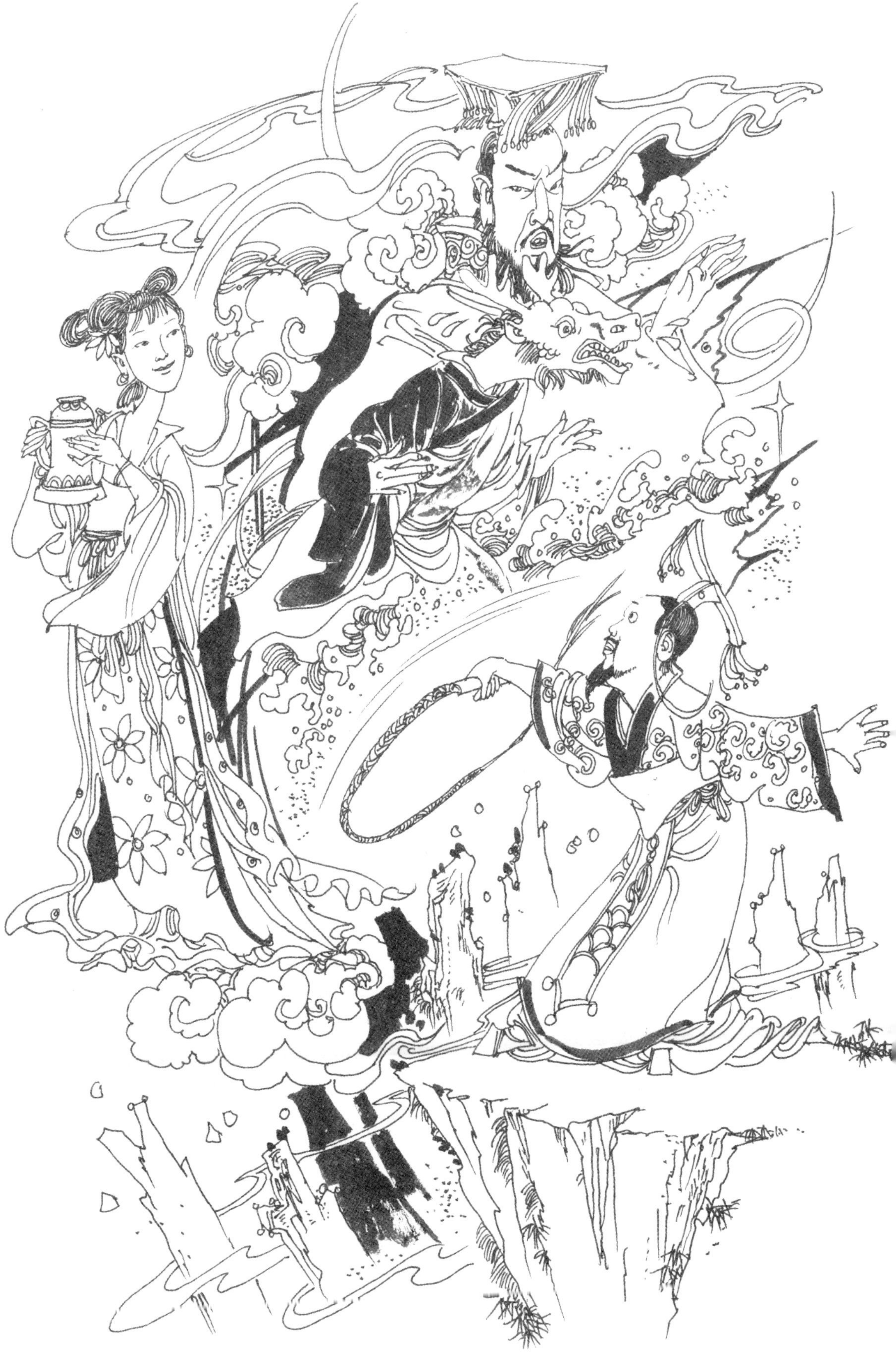

计，说："万岁说的是真的吗？"秦始皇忙说："有道是君无戏言！"三公主"扑通"一声跪在地上，甜甜地说："谢万岁！"

三公主这么一跪，把个秦始皇喜煞了，慌得他赶紧丢下赶山神鞭，双手把三公主扶起来，说："我的美人，只要你答应我，要什么你就说吧，朕都给你。"

三公主见秦始皇放下了赶山神鞭，心里暗暗高兴。她趁秦始皇没防备，"刷"的一下就抢过了神鞭，说："我要的就是这根鞭子！"三公主说完，"呼"的一声，化作一阵清风，拿着神鞭，回东海龙宫向父王复命去了。

秦始皇丢了赶山神鞭，再也不能赶山啦。那座山就永远地留在了长江南岸，鄱阳湖边上。这就是现在的庐山。被秦始皇九十九鞭抽打出来的九十九个坡，九十九个洼，就成了现在庐山的九十九座山峰，九十九座山谷，既美丽又险要。

再说秦始皇不见三公主，心里还老是想念着她哩。他登上庐山去寻找，找遍了山山岭岭，也见不到三公主的影子。没办法，只好回长安去了。

讲述：李水泉

采录：熊侣琴

选自《中国民间故事集成·江西卷》

神鱼送屈原

（湖北）

屈幺姑做了一个梦，梦见一只标致的雀儿，在她头上绕着飞，一边飞，一边叫唤："我哥——回——哟！我哥——回——哟！"后来，小雀儿飞走哒，屈幺姑扯起胯子去追那雀儿，追到西陵峡口的口上，就不见影子哒。只听到这样两句话："江水倒流三千里，屈原死在鱼肚里。"这时候，江水里果然冒出一条大鱼，鱼背上驮着屈原的尸体。

第二天，屈幺姑把这个梦告诉给乡里的姊妹伙儿们。姊妹伙儿们就给屈幺姑搭伴儿，一同跑到西陵峡口口上，一边洗衣裳，一边喊着："我哥——回——哟！我哥——回——哟！"一眨眼，乌天黑地，像是要跑暴①。江边一股子浪头儿赶哒过来，淹过了姊妹伙儿们捣衣的石磴子。她们惊惊张张向江面打望，只见一个像芭蕉叶片子的东西，在浪渣堆儿中晃晃荡荡的。细细儿一望，嚄，原来那是一条大鱼的天关鳍。屈幺姑便打着"啊嗬"对大鱼说："鱼呀鱼，你若是把我兄弟驮回来哒，

---

① 跑暴：大雨忽降，要发大水。

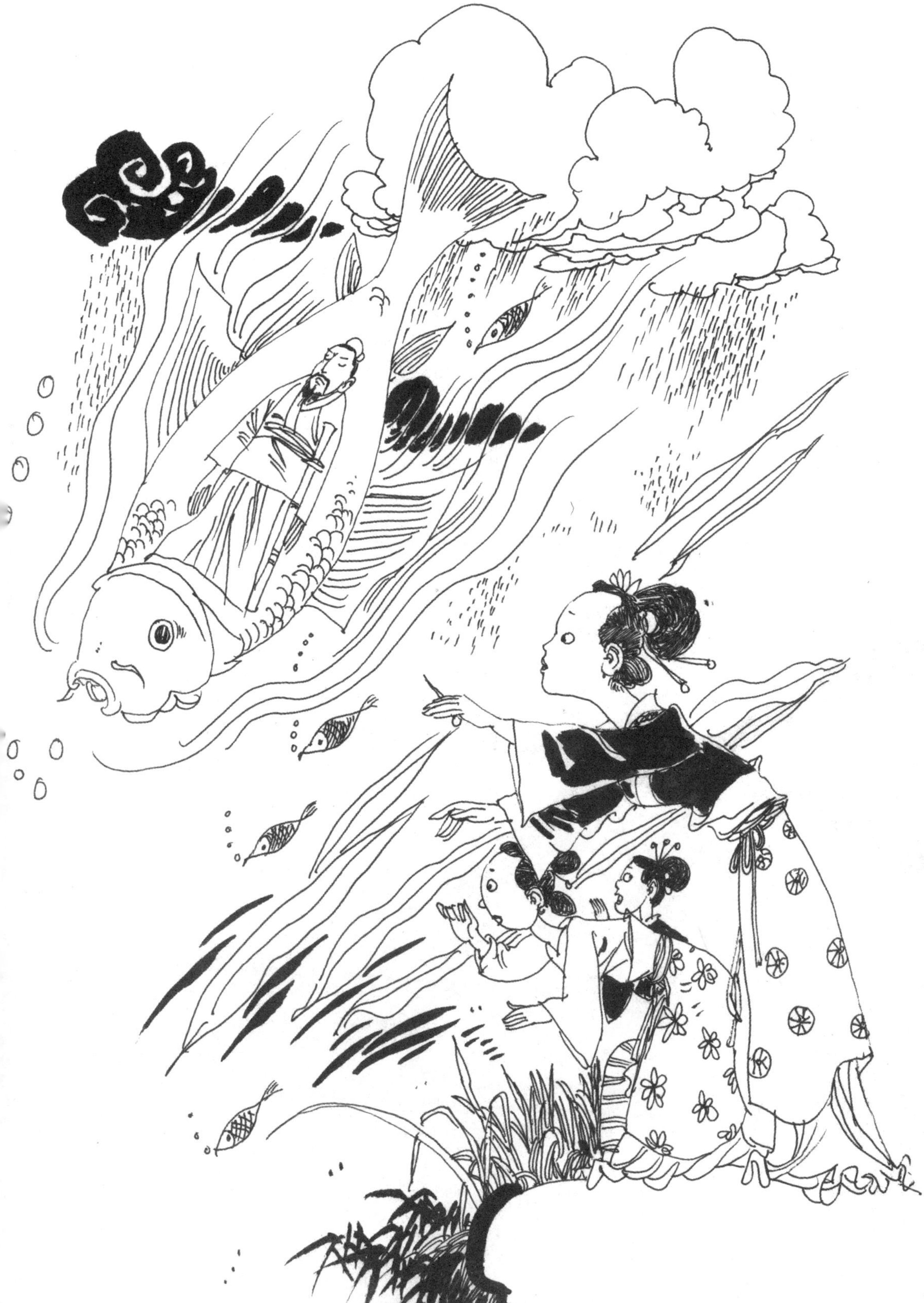

就到岸边来呀!"话音刚落,大鱼真的游到岸边,上了石梁子,首尾一撅,忽然乱蹦乱跳起来,两只灯笼大眼刷刷地流泪,然后轻轻儿扇动两鳃,亮出白亮亮儿的肚皮。

幺姑盯着大鱼的肚皮,麻利地从头上取下扁簪,把鱼肚子划开,一股鲜血从鱼肚子里流出来,随着流出了一口通红的棺材。姊妹伙儿们扑上去,揭开棺材盖子,细细儿一看,里边躺着的正是屈原大夫的遗体。

姊妹伙儿们把鱼肚子缝好,放了生,然后抬着红棺材回乡安葬,一路哭着叫着:"我哥——回——哟!我哥——回——哟!"

那条神鱼,一来因肚子受过伤,二来因惦着屈原的故土,从此上不过泄滩,下不过青滩,永远留在西陵峡里,每年都要来一趟屈原沱这窝圈儿哩。

讲述:谭光沛
采录:宁发新
选自《中国民间故事集成·湖北卷》

药王孙思邈

(湖北)

相传在隋唐年间有个挖药行医的人,名叫孙思邈①,民间叫他孙真人。他挖的药真,诊起病来灵,四面八方的人,有个三病两痛的,都喜欢找他诊。

有一天,孙真人要上泰山挖药。走到半路上,一个老人迎面走来,问他:"你这挖药的先生诊不诊病?"

孙真人回答说:"既是挖药的,么样不诊病?"

"那你跟我诊诊病,行不行?"

"诊病是为了济世,么样不行呢?"

孙真人就在路边看起病来。他把老人脉一摸就说道:"叫我诊病,就要说实话,你不是个人咧!"

"我不是个人是么事②呢?"

---

① 孙思邈:唐代医学家,京兆华原(今陕西耀州区)人。民间尊称他为药王。
② 么事:方言。"什么"之意。

"你要是人，这病我诊不好。要不是人，就要现出原身，这病我才诊得好。"

"那你不怕？"

"挖药行医的人么事也不怕。"

"那好。只是这里不行，要进大山里去。"

进了大山，那老人就地一滚，嗬，是一只猛虎！这虎张开血盆大口，望着孙真人。孙真人心想：莫非虎喉里卡了么东西？旧时挖药人的手腕上都戴有玉石套子，为的是防蛇咬兽伤。孙真人取下套子，撑住虎口，然后把手伸进虎喉，取出了卡在虎喉里的野猪鬃。

老虎就地一滚，又变成老头，说："先生诊好了我的病，我怎么报答你呢？"

孙真人说："医生诊病不求报答，等我以后有事，叫你来，你来就是了。"

老虎点了点头，递给孙真人一粒虎骨丹，说："你带上这粒丹，将来会有用处的。"

后来，孙真人又到海边去采海药。他走到半路上，看见一个老人迎面走来，问他："你这挖药的先生诊不诊病？"

孙真人说："既是挖药的，么样不诊病？"

"那你跟我诊诊病，行不行？"

"诊病是为了济世，么样不行呢！"

孙真人就在路边看起病来。他一摸脉，说："叫我诊病，就要说实话，你不是个人咧！"

"我不是个人是么事呢？"

"你要是人，这病我诊不好。要不是人，就要现出原身，这病我才诊得好。"

"那你不怕？"

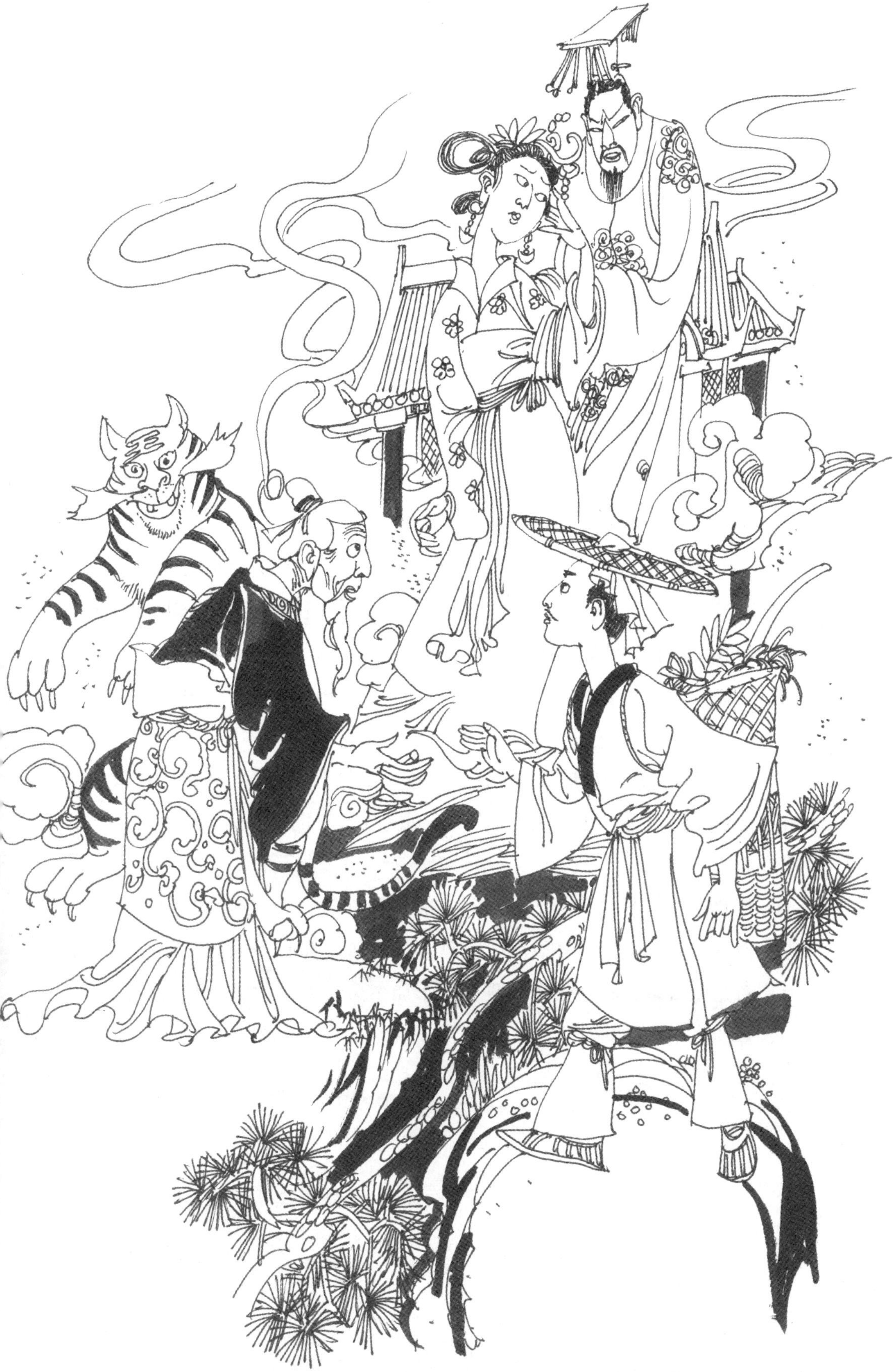

"挖药行医的人，么事也不怕。"

"那好。只是这里不行，要到海滩上去。"

到了海滩，那老人就地一滚，嗬，是一条巨龙！这龙鼓着腮帮，望着孙真人。孙真人仔细一检查，原来龙腮里有条蜈蚣。这是龙在晒太阳时，蜈蚣爬进去的，专吸龙腮上的血。孙真人用钳子把蜈蚣夹了出来。龙就地一滚，又变成老头，说："先生诊好了我的病，么样才能报答你呢？"

孙真人说："医生诊病不求报答，等我以后有事，请你来，你来就是了。"

那龙点了点头，递给孙真人一瓶龙涎水，说："你带上龙涎水，将来会有用处的。"

不久，李世民当了皇帝。李世民的母亲患眼疾，李世民不晓得请了几多高明医生，都诊不好。听说孙真人医术高明，就把他请进宫里。孙真人拿出龙涎水，叫李世民拿去给娘搽眼睛，一搽就好了。李世民的娘子是软骨病，也要孙真人给她诊诊病。孙真人拿出虎骨丹，皇后娘娘一服用就好了。

治好了老太后和皇后娘娘的病，李世民要封赏哩。可不管封个什么官，孙真人都不受。文不过封相，武不过封侯，李世民灵机一动，封孙思邈为药王。

从此，孙真人成了药王。当了王的，都有跟班，孙真人的药跟班呢？他喊了一声："龙、虎！"龙虎就来了，跟班咧！各处药王庙前都有一对龙虎石礅，就是这个道理。药王庙两旁，人们爱贴"神丹医虎口，妙药治龙鳞"的对联，也是这个原因。

讲述：王文华

采录：郑伯成

选自《中国民间故事集成·湖北卷》

青稞种子的来历

（四川·藏族）

几千年以前，隔娄若很远的地方有一个布拉国。布拉国的地盘很广，人也很多。在这个国家里，人们吃的是牛羊肉，喝的是牛羊奶，只有国王的宫殿里才有一些果树，也只有国王和他的大臣们才能吃上一点水果。

国王的儿子叫阿初，是一个聪明、勇敢、善良的青年王子。他听说山神日乌达①那里有粮食种子，把这些种子撒在地里就能长出又香又好吃的粮食来。他想让全国的人都吃上粮食，就打算到日乌达那里去要种子。

阿初王子把他的想法告诉了他的爸爸妈妈。国王和王后想到：到山神日乌达那里去，要走九千里路，要翻九十九②座大山，要过九十九条大河，怕他们唯一的儿子在路上出岔子，就劝阿初不要去。不管国王和

---

① 日乌达：即嘉戎语的"菩萨"，这里是指山神菩萨。
② 九十九座山、九十九条河，是指山与河多的意思。藏民习惯把最多的数字说成九十九。

王后怎样劝，阿初都不听，一心要去把种子找回来。国王和王后没法，只好选了二十个武士陪着阿初王子一起去找日乌达。

就在第二天，阿初王子带着二十个威风凛凛的武士，人人拿着长矛，别着腰刀，骑着骏马出发了。

翻过一座大山，又是一座大山；过了一条大河，又是一条大河。阿初王子身边的武士，一个接着一个地死去了。有的是被一路上的野人杀死的，有的是被毒蛇和猛兽咬死的。翻过九十八座大山，过了九十八条大河，就只剩下了阿初王子一人一马了。

阿初王子牵着他的马，一步一跌地爬上了第九十九座大山。快到山顶时，突然刮起了狂风，天上降下了暴雨。阿初只好偎依着他心爱的马，躲进一个岩窝里。暴风雨一过，阿初牵着马上了山顶。真奇怪！山顶上一点也不像下过暴雨的样子，太阳正红火；在一棵高大的罗汉松下面，坐着一位老妈妈，她正拿着线锤在吊毛线。阿初走上前去，向老妈妈行礼，问老妈妈日乌达住在什么地方，怎样才能找到日乌达。老妈妈把阿初打量了一番。阿初把他的身世和来意告诉老妈妈后，老妈妈才说："要找日乌达很容易。翻过这架山，过了山下的大河，沿着河岸往上走。河的尽头有一个大瀑布，在那里，你只要高声喊三次日乌达的名字，日乌达就会出来见你。"原来这个老妈妈就是地母，她是被阿初的诚意感动了，特意来给阿初指路的。阿初正要向老妈妈道谢，老妈妈已经不见了。

在第九十九条河的尽头，阿初看到了从高高山顶上倾泻下来的瀑布，哗啦啦的大水流个不停。对着瀑布，阿初恭恭敬敬地行礼，接连喊道："尊敬的神——日乌达，请您出来吧，我有一件事求您帮忙！"刚喊完第三遍，一个像高山一样高大的老人从瀑布中现身，老人雪白的胡

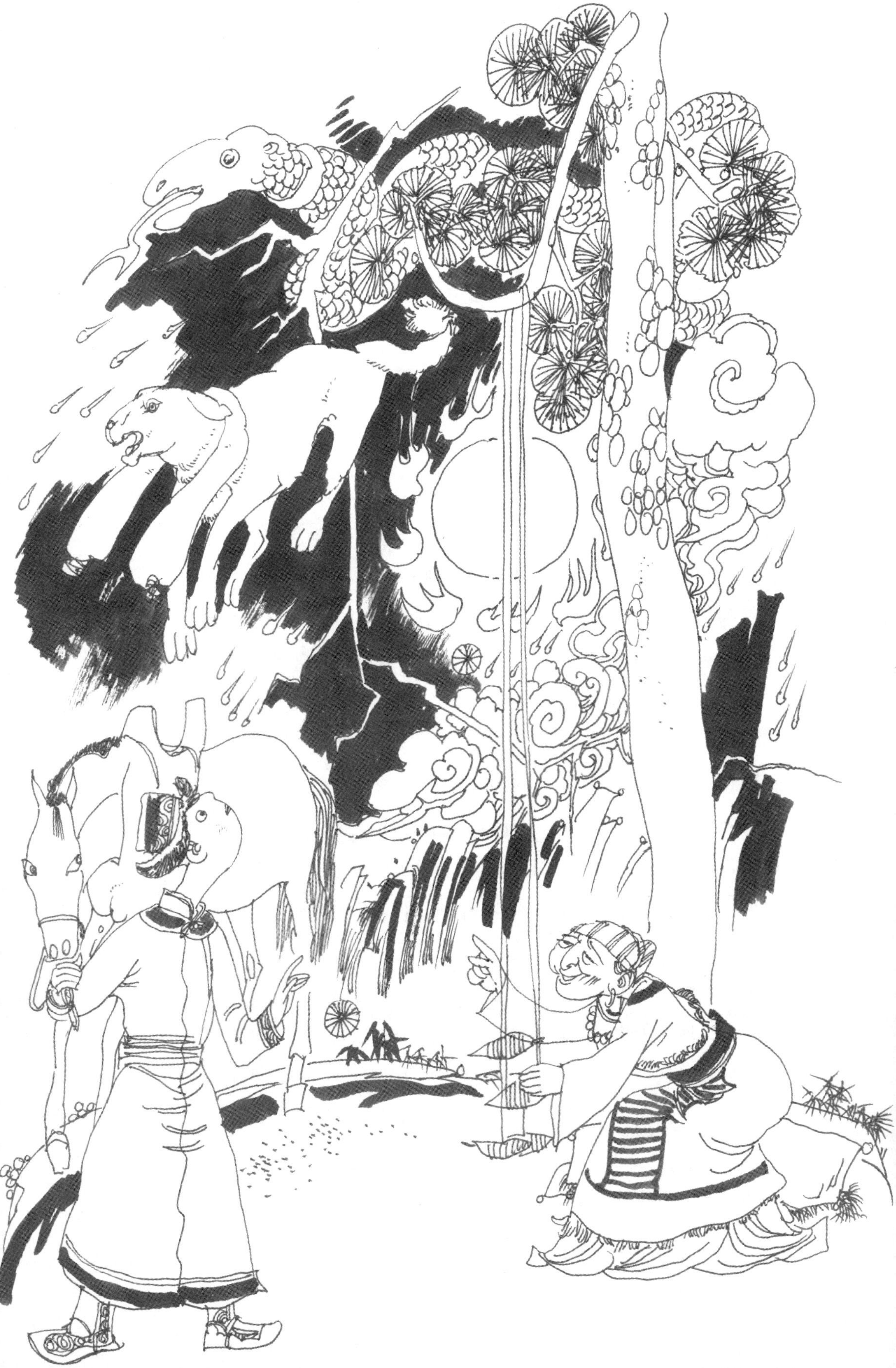

子跟瀑布一样从山顶拖到河水中。这个巨大的老人，就是阿初王子求见的日乌达。

"是哪一个叫我？"老人低下头发现了阿初，就说，"哦，哦，是你！你是哪里来的？找我做啥？"

"尊敬的山神，是我找您。我是布拉国的王子，听说您这里有很多粮食种子，我求您给我一点，让我带回去，让我们邻里的人都能吃到粮食。"阿初说完，又向老人行了一个礼。

"什么？粮食种子！"老人想了想，突然哈哈大笑起来，笑得大山弯腰，河水断流。他说："小王子，你弄错了！我这哪有什么种子？只有蛇王喀不勒①那里才种庄稼，在他那里才有粮食种子。"

阿初着急了，接连问日乌达蛇王住在哪里，怎样才能向蛇王要到种子。日乌达笑着对阿初说："蛇王住的地方隔这里不算远，骑着快马只消七天七夜就可以走拢，只怕你不敢到他那儿去。蛇王很凶狠也很吝啬，他从来不愿把粮食给世上的人，以前许多到他那儿去的人，都被他罚成狗吃掉了。你去，也会被他罚成狗，被他吃掉的。你害怕不？"

阿初说："我不怕。只要能得到粮食种子，我什么也不怕。"

日乌达看见阿初很坚定，是一个聪明、勇敢的小伙子，就详细地告诉了他到蛇王那里去的路。并叮咛阿初说："要想得到粮食种子，只有到蛇王那里去偷。秋天蛇王收了庄稼以后，就把粮食装进口袋，放在他的宝座下面，周围都有卫士守着。但是，每逢戌日②太阳当顶时，蛇王就要到山顶海子边去拜访龙王，虽然他来去只要一炷香那么久，但他的卫士都要趁这个时候打瞌睡。在这一炷香的时间，就是去偷他的粮食种

---

① 喀不勒：即嘉戎语的"蛇"，这里说成是蛇王的名字。
② 戌日：藏民敬神的日子。

子的好时机。"说着,日乌达从怀里掏出一颗像黄豆样的东西交给阿初,说:"我老了,不能更多地帮助你。送你一颗'风珠',在万不得已时,你把它含在嘴里,它会帮助你跑得像风一样快。"

阿初向日乌达道谢。日乌达最后嘱咐说:"万一不幸你被蛇王变成了狗,你要赶快往东跑,等你得到一个姑娘的真正的爱时,你再回国去,那时你就会重新变成人。去吧!小伙子,我祝你碰到一个好运气。"

阿初骑着马在路上慢慢地走,走两天就要歇一天,从夏天一直走到了秋天。离开日乌达那里时,他很瘦很弱;这时,他却长得非常健壮了。

到了蛇王管的地面,蛇王刚刚收完地里的庄稼。一望无边的田野里,只剩下高高矮矮的禾桩,周围一户人家都没有。阿初知道蛇王是住在很远很远的高山上,就赶着马奔向那座大山去。

阿初一到蛇王住的那座山脚下,翻身下马,取下了马背上的干粮袋,放开缰绳,让马先跑回布拉国去。他背起干粮袋,不敢直接爬上蛇王住的那座山,而是爬上了靠近蛇王洞府的另一座大山。到了山上,阿初选了一个正对蛇王洞府的岩窝住下来。这个岩窝和蛇王的山洞隔着一条很宽很深的山沟。他用干草和树枝铺好了岩窝,睡在岩窝里就可以看见蛇王洞门口的一切。

一个逢戌的中午,阿初正在岩窝里打盹,突然听到一阵清脆的铃声。他抬头一看,原来是蛇王带着他的卫士,正沿着洞门口的大路朝山上走去。蛇王很高大,穿着有鳞甲的袍子,袍子的边上挂着许许多多小银铃。他知道蛇王是到山顶海子去的,就赶紧爬出岩窝,梭下山沟,朝蛇王的洞府门爬去。果然,守洞的卫士这时都睡着了。阿初快要爬到蛇王的洞门口时,突然铃声响了,洞门口的卫士都翻身爬了起来。阿初知道是一炷香的时间过去了,蛇王从海子回来了,吓得躲在大路边的草堆中,动也不敢动。

等蛇王进了洞府,阿初才悄悄地离开草堆,这次他不但没有偷到粮食种子,连洞门也没有进成。他垂头丧气地回到自己的岩窝里,自己生自己的气。过了好一阵,他的脸上才露出笑容。原来他想到了一个好主意,就是在这边山的大树上拴根绳子,吊在绳子上就可以一下荡到对山的山腰,免得爬来爬去耽搁时间。于是,他把他的牟衫①脱了两件下来,撕成了一根根的,然后又慢慢地编成牟绳。

又是一个戌日的中午,蛇王带着两个卫士离开了山洞,朝山顶的海子走去。趁这个时候,阿初爬到了面对着蛇王洞的那棵大树下,敏捷地爬上大树,在大树伸向山沟的一根粗枝上拴好了牟绳。接着,他顺着牟绳往下滑,滑到牟绳的尖端时,他用力一荡,一下就荡到了蛇王的洞门前。阿初轻足轻手地绕过睡着了的卫士,走进了蛇王洞。

洞里漆黑漆黑的。阿初摸着洞壁,拐了几个大弯,走进了蛇王的大殿。这里,长明灯照得大殿亮堂堂的;大殿深处有一个台子,台子上有一个金圈椅。台子上有群睡着了的卫士;台子前面也有一排睡着了的卫士。蛇王的粮食,就一袋一袋地堆在台子下面。阿初悄悄地走拢去,越过两个睡着了的卫士的肩头,钻到了台子下面。

在台子下面,阿初顺手打开了一袋粮食,一把一把地抓进肩上脖子上挂的口袋里。口袋装满了,他还抓了一把在手里。于是,他又越过那两个卫士的肩头,走出大殿。就在大殿的长明灯下,阿初看见了他手里

---

① 牟衫:用牛毛捻线织成的衣服。牛毛搓的绳子就叫牟绳。

抓的粮食，都是黄澄澄的小籽粒，这就是宝贵的青稞。

阿初刚摸出洞门，兴奋使得他忘记了小心，一脚踢在洞口的卫士身上。两个卫士翻身跳起，两支长矛拦断了阿初的路。阿初赶紧把手中的青稞籽向两个卫士撒去，趁两个卫士退后一步揉眼睛的时候，阿初抽出了斯夹巴①，一挥手就砍倒一个卫士。他正要砍另一个卫士，洞里的卫士们听到惨叫声，一窝蜂似的赶出来围住了阿初。阿初砍死几个卫士，拔腿就跑。殊不知一时心慌，跑错了路，一头碰在刚从海子回来的蛇王身上，撞得蛇王坐倒在地上。

前面是蛇王，背后是蛇王的卫士们，阿初只好一面横着向山沟里跳，一面把日乌达给他的"风珠"含在嘴里。正在这时，蛇王哈哈一笑，伸手指向阿初，突然天空响起雷声，闪着电火。一声雷，一阵闪电，都像击在阿初身上，阿初就在雷电交加中变成了一只黄毛狗。

阿初怔了一下，想起了日乌达的吩咐，赶快朝山沟里跑。说也奇怪，他像长了翅膀一样，一下就飞过了山沟，越过了几座大山。他的身后响了几阵雷，闪了几次电光，但雷和闪电都没有追上他。

第二年的春天，被蛇王变成了黄毛狗的阿初王子，沿着一条大河走到了娄若这个地方。娄若，也是一个不出庄稼的地方，除了土司官寨附近有些果木外，满山遍野都是青草，到处放牧着牛羊。一到这个地方，阿初就听人们说：这里的土司叫肯乓，他有三个漂亮的女儿，大女儿叫泽躺，二女儿叫哈木错，三女儿叫俄满。三姊妹中，要数俄满长得最漂亮，她比她的两个姐姐都聪明，心地也最善良。俄满爱一切善良的人，爱花爱草，也爱狗、猫、雀鸟等一切动物。阿初想到日乌达的话，他认

---

① 斯夹巴：嘉戎语的"腰刀"，是藏民护身的武器，像汉人的宝剑。

为只有俄满才是能救他的人，就决定去找俄满，把他的青稞种子和爱，送给美丽善良的俄满。

阿初在土司官寨附近徘徊了好几天。一天，正当俄满在官寨背后草坪上摘花的时候，阿初跑上前去咬住了她的裙子直摆尾巴。俄满看见是一只可爱的黄狗，就跪下来抚摸狗的头，不住地赞叹。阿初王子，虽然被蛇王变成了狗，却仍然和过去一样聪明，美丽的眼睛能够表达他的心意。他的两只泪汪汪的眼睛望着俄满，"汪汪汪"地叫个不停，边叫边用一只爪子比画，拨动他脖子上挂着的粮食口袋。

俄满只以为这只狗是要她把口袋取下来。她轻轻地从阿初的脖子上取下口袋，并打开了它。口袋里黄澄澄的青稞种子，使俄满惊得呆了。她不知道这是从哪儿来的，也不知道有什么用处。阿初抓了抓她的衣裙，又用两只前爪在地上刨了一个小坑，比画着要她把这一粒粒像黄金一样的东西丢在坑里。

俄满懂得了。阿初不停地刨坑，俄满就把青稞种子撒在坑里。一袋青稞种子撒完了，俄满累了一身汗，阿初一身也是湿漉漉的。

善良的俄满，喜欢这只给她带来像黄金一样种子的狗，更喜欢这只能用眼睛说话的狗。她把地里种下的青稞当成宝贝，更把阿初当成她的宝贝。她让阿初跟她住在一起，不论到哪儿去，她都把阿初带在身边。

青稞，是阿初用性命换来的。阿初天天要去看青稞，俄满也天天跟着去看。他们看着青稞发芽、出苗、吐穗……

秋天，各种果子成熟了，牛羊也肥了。肯氐土司的三个女儿也该出嫁了。

一个有月亮的晚上，土司在官寨前面的大草坪上举办了一个盛大的锅庄晚会。土司一家人都在草坪上，附近所有的有钱人和他们的太太、少爷、小姐都来了。土司举办这个晚会，一来是庆祝一年的好收成，二来是给他的三个女儿选女婿。在草坪上的，除了土司一家人和那些有钱的老爷、太太、少爷、小姐外，别的什么人也没有。只有阿初是例外，因为他是俄满的心爱的狗，俄满能去的地方，他也能去。

草坪上，人们唱了一个又一个的山歌，跳了一次又一次的锅庄。俄满跳锅庄，阿初也跟在她身后跳；俄满不跳了，阿初就偎依在她身边。

唱了几遍山歌，跳了几圈锅庄，喝过了奶茶。不熟悉的人都熟悉了，从未交谈过的人也彼此认识了。就在这个时候，土司的三个女儿，怀里抱着果子，跳起了最好的锅庄，这是她们在挑选女婿了①。年轻的少爷们就在草坪中间坐了一个大圆圈，把她们姊妹三个包围起来。

姊妹三人跳完第一圈锅庄，大姐泽躺就选到了她的丈夫——附近一个部落的土官的儿子。她把怀里的果子全给了他，他们并肩跳着锅庄到土司肯乓面前去了。

跳完第二圈锅庄，二姐哈木错也找到了她的心上人——附近一个地方的少土司（土司的继承人）。哈木错也照老规矩，把她怀里的果子给了少土司，他们一起跳着舞到了肯乓土司的面前。

俄满接连跳完了三圈锅庄都没有选出她心爱的人。不是草坪上的年轻人没有钱，也不是这些年轻人长得不漂亮，在俄满看来，这些人身上总像缺少一些说不出来的东西，所以他们中一个也没有被俄满选上。

俄满的美丽、善良和聪明，是所有的人都知道的，漂亮的小伙子都想娶她做妻子。他们看见俄满连跳了三圈锅庄都没有选中他们中的任何

---

① 四川藏族姑娘选女婿的古老习惯，就是怀抱果子跳锅庄，选上了谁，就把果子给谁。

一个，开始悄悄地议论了："俄满究竟要选什么样的人做丈夫呢？"

俄满跳第四圈锅庄的时候，突然看见了她心爱的狗——阿初，泪汪汪地坐在人群中。俄满心里一动，情不自禁地跳着锅庄到了阿初的身旁。她从来没有想过她会选狗做丈夫，她只是爱她的狗，舍不得离开她的会用眼睛说话的狗。偏偏又那么凑巧，她刚跳到狗的身旁就滑倒在狗身上，抱在怀里的果子也掉进了狗的怀里。她又羞又气，埋怨自己为什么会在这个时候跌倒在狗身上，更恨自己会在这个时候把果子掉进狗怀里。

周围的人，特别是那些年轻人，一看见俄满当众出丑，立刻哄堂大笑起来，他们嘲笑俄满爱上了狗，嘲笑俄满选了狗做丈夫。

肯乓土司是个最爱面子的人。他见人们嘲笑俄满，非常生气，认为俄满是当众丢了他的脸，不配做他的女儿；俄满的两个姐姐也不同情俄满，甚至同外人一起嘲笑自己的妹妹。土司指着俄满大骂，要俄满永远离开官寨。他说："既然你爱狗，当众选了狗做丈夫，那你就跟着你的狗丈夫走吧，永远不要再进我的官寨！"

俄满的眼泪像珍珠一样成串地淌，边哭边朝青稞地里走去，黄狗就跟在她身后。

地里的青稞穗子黄熟了，不住地点头招呼俄满和她的狗。俄满抱着狗在地里痛哭，哭得非常伤心。

"聪明美丽的姑娘，你不要再难过了。"俄满怀里的狗突然开腔说话了。俄满很惊诧，立刻不哭了，抽抽噎噎地看着这只会说话的狗。

"你不要难过，也不要害怕。我是人，我不是狗。"

"你是人？为啥你又会变成这个样子呢？"俄满很害怕地放开了怀中的狗，她很不相信这只狗会是人。

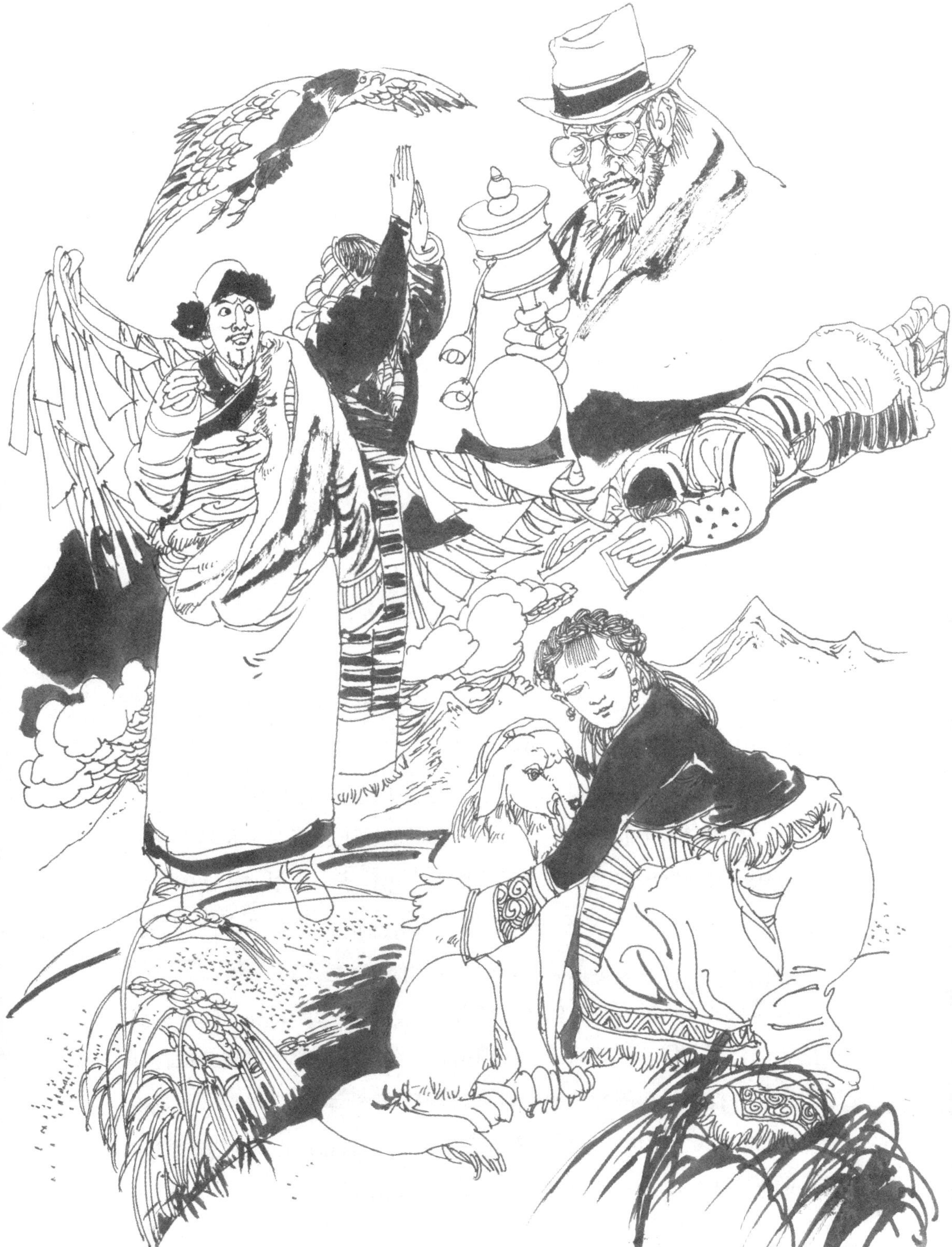

阿初叹了一口气，说道："你知道布拉国吗？我就是布拉国的王子。我们那里的人，从来没有吃过粮食。我想让我们那里的人吃到粮食，就到蛇王喀不勒那里去偷，刚偷这么一些青稞种子出来，就碰上蛇王，被他用把戏变成了这个样子了。不过，我还是可以再变成人的。"

俄满看了看地里已经成熟的青稞，又看了看站在她面前的狗，就好像一个年轻英俊的王子站在她的身边一样。她又把狗拉进她的怀里，抱得很紧很紧。她眼眶里还挂着泪花，嘴角上却露出了笑容。她真诚而热情地对阿初说："要是你变成了人，那该有多好啊！不但我不会再被人嘲笑，而且，我们会生活得非常幸福。可是，你什么时候才能变成人呢？"

阿初回答说："在我没有到蛇王那里去以前，我曾经找过日乌达。他告诉我，万一不幸被蛇王变成了狗，就必须在得到一个姑娘真诚的爱的时候，才会重新变成人。"

俄满说："我爱你，我是真正地爱你，你为啥还不变成人呢？只要你能变成人，你要我做啥，我就做啥。"

"假如你是真诚地爱我，第一，你赶快把这些熟了的青稞收集起来，缝一个小口袋装起，并把口袋挂在我的脖子上；第二，我马上要回布拉国去，在回国的路上，我会沿路撒下青稞种子，你跟着我撒的青稞走，走到看不见青稞的时候，你就会看见我重新变成人。"阿初说完，就望着俄满的眼睛，等待俄满的回答。

俄满默默地点了点头，什么也没有说，就站起身来，动手收集那些成熟了的青稞。接着，她撕下一块围裙布，缝成了一个小口袋，把青稞装进去，并挂在阿初的脖子上。她要求跟阿初一起走，阿初不肯，说："从现在起，我不能再像这样子跟你在一起，不愿意让你再看见我这个难看的样子。你爱我，就跟着我撒下的青稞走吧！"

俄满抱着阿初亲了又亲,她和阿初的眼里,都滚出了成串的泪花。突然,阿初挣开俄满的双手,朝着河边跑去。

阿初脖子上挂着青稞口袋,正在路上走着。其实哪里有路啊!他走的全是荒野。每走一步他都要停一下,用四只爪子刨松土地,撒下青稞种子。饿了,就吃几个荒地上长的野果;渴了,就喝一点溪沟里的清水。

在阿初身后很远很远的地方,俄满也正在路上走着。刚上路的时候,她看见地上是刚撒下的青稞种子,后来,她看见了青稞芽子,青稞苗子,甚至看见了出穗的青稞;刚上路的时候,她吃的是自己背的干粮,慢慢地,她背的干粮吃完了,只好和阿初一样,饿了就吃野果,渴了就喝溪水。她很想看见阿初,可是怎么也赶不上,怎么也看不见。

俄满不知道在路上走了多久,也许是半年,也许比一年还长。一直走到青稞成熟、树叶枯黄的时候,她才看见远远的地方有一座城,有许许多多高大的楼房。虽然她受尽了风霜雨雪,吃了很多很多的苦,但在她的心里和脸上却充满了喜悦,因为她快到她心爱的人的国土了。虽然她的靴子走烂了,脚走破了,衣服被荆棘扯成了巾巾,一身沾满了尘土,但她的心和脸仍旧和从前一样漂亮……

俄满走近了布拉国,走进了布拉国的都城。这里,除了漂亮的楼房、美丽的花木外,早已看不见青稞了。她逢人就打听,问了好几个人,才知道她心爱的黄狗,早已跑到王宫里去了。她顺着大街,朝王宫走去。王宫,坐落在都城的中心,高大而雄伟,四面八方都是花木,活像一座大花园。俄满刚走进花园,她的心爱的狗跑来了。她伸出双手要去抱狗,而狗却站住了。就在狗站的地方,轰地冒起了一阵白色的浓烟。阿初王子从浓烟中走出来,狗不见了。俄满和阿初拥抱在一起。勇敢的阿初王子,仍旧和过去一样年轻、英俊。

阿初王子带着俄满,一同去拜见了他的爸爸妈妈——布拉国的国王和王后。国王和王后高兴得流出了眼泪。国王和王后爱他们的儿子,也爱善良、美丽、忠贞的俄满。

就在俄满走进布拉国都城的那天晚上,阿初王子和她结婚了。在举行婚礼的时候,参加婚礼的人很多,有布拉国的国王、王后和大臣们,还有很多很多的老百姓。那些老百姓,在婚礼中,编了一支又一支的歌儿,感谢为他们找回青稞种子的勇敢而贤良的阿初王子,赞美聪明美丽而又忠贞的俄满。

自从阿初王子和俄满离开娄若以后,从娄若到布拉国的几千里地面上都长出了青稞,几千里地面上的人都吃上了用青稞磨面做成的糌粑。许多人只看见是一只黄狗撒下的青稞种子,长出了像黄金一样的粮食,却不知道这只黄狗就是阿初王子,都以为是神可怜他们,派神狗给他们送的粮食种子。因此,为了感谢神,感谢给他们送来青稞种子的神狗,他们在每年收完青稞、吃新青稞面做的糌粑时,都要先捏一团糌粑喂狗。一直到今天,从来没有人改变过这个规矩。

搜集整理:帕金

选自贾芝、孙剑冰编《中国民间故事选》

藏王的求婚使者

（四川·藏族）

从前，唐朝皇帝有个最心爱的女儿名叫文成公主，生得非常聪明美丽。到她成年时，各位侯王都派使者到京城来求婚。藏王松赞干布也爱慕这公主，他派了一位最聪明、最能干的使者叫禄东赞的去请婚。

一道住在宾馆请婚的使者，一共是七个，但谁都不知道谁能完成使命。

唐朝皇帝认为西藏路远，以后不易看见他的女儿，心里不愿把公主嫁给藏王，但又不好明确拒绝藏王的使者。于是他召来他最聪明的大臣商量，要想用一个最好的办法，来谢绝藏王的使者，然后在侯王中选一个适当的人做女婿。

他们商量好了，第二天命人带来了五百匹母马和五百匹仔马。命人把仔马放在中间，把母马拴在周围，然后传诏说："七个侯王都是我的臂膀，我恨不得有七个女儿和他们联婚。但我只有一个女儿，我不知道该许给谁。现在为了公平起见，这里有五百匹母马和五百匹仔马，你们七位求亲的，谁能找出这五百匹仔马每一匹的亲生母亲，让五百匹母马都认出它的仔马而不认错,我就可以考虑这件婚事。"

他让七位使者去认马,藏王使者为了礼貌,他让其他六个使者先认。但使者们轮流把仔马牵去认母马,母马不是踢,就是跳,仔马也避开不敢拢去。六个使者都没法使一匹母马认自己的仔马。

最后轮到藏王使者了。因为藏族人最会调理马,并且懂得马性,他不用他们用过的笨方法。他叫人搬来许多上好的马料喂母马,让母马舒适地吃饱。母马一吃饱,就昂首高叫,招呼着各自的仔马去吃奶。这一下,仔马们都各自向自己的母亲前面跑去,并且亲热地踢着跳着,摇摆着头吃奶了。于是他不费一点气力,就把五百匹母马每一匹的亲生仔马分清了。

唐朝皇帝看见这使臣聪明,非常喜欢,但心里仍然不愿意。又下诏说:"这位聪明的使臣,我心里很喜欢。但这不算,我还要试试,才表示我对大家都是公平的。"他又叫人拿来一块玲珑剔透的绿玉,向七个使臣说:"这是一块绿玉,玉中间有一条曲折的孔,你们谁能用线穿过这孔,把这绿玉穿好,我就可以考虑他主人的婚事了。"

藏王使者让六个使者先穿,但六个使者坐在殿上,用了各种方法来穿,整整一上午过去了,也没有一个穿好。最后仍然只好让藏王使者去穿了。

藏王使者穿时,他捉了一只蚂蚁,把线粘在蚂蚁的脚上,又在绿玉的另一面涂上糖蜜,蚂蚁一闻着蜜香,就带着线很快地由孔中穿过。然后藏王使者把这线打成结,双手捧着呈给皇帝看。

唐朝皇帝心中惊讶,但是还想考考这个聪明的使臣。他又说:"为了郑重和使大家心服起见,你们再来比赛一次吧!"他叫木匠将一根巨木刨光,刨得两头一模一样,非常光滑整齐,然后叫人抬到七个使者面前说:"这里有一根刨光的巨木,你们都来认,看哪头是树根,哪头是树尖，并且还要说出理由。若说对了，我就可以允许公主的婚事。"

六个使者又先去认，但每个人把木头看了又看，量了又量，实在无法说出它哪头是根、哪头是尖，最后仍然只好让藏王的使者去认了。

藏王使者是山里来的，懂得树根重树梢轻的道理。他叫人把木头放在御河里。御河的水流得很缓，木头浮在水面缓缓流着，慢慢轻的在前，重的在后。他就依这理由指出这巨木哪头是根、哪头是尾了。

唐朝皇帝喜欢藏王使者的聪明，但是仍然不愿他的女儿远离，他只好又找聪明的大臣们来商量。大臣们知道他的意思，有人建议说："皇上可以选三百个美丽的姑娘和公主一样穿着打扮，站在一起，然后叫七个使者都来认。谁认出来公主，才算有姻缘。这样公主就可以留在皇上身边了。"

唐朝皇帝果然照这样办，又传诏说："为了尊重各国使臣起见，我们还必须再比赛一回。谁真正指认了公主，谁才算真正有姻缘。"又是六个使者先去认了。他们认为最美丽的是公主，哪知指的都错了，最后仍然轮到藏王使者。

藏王使者听到这个消息，知道这是一个难题，因他从没见过公主，对公主什么也不知道。但他要用一切方法完成使命。他开始日夜在皇宫四围打听，凡是和皇宫有来往的，不论是赶车的，送菜的，洗衣的，他都向他们探问，想知道一点关于公主的事，免得自己认时没把握。后来他碰见一个洗衣的老妇人，老妇人用干瘪的嘴说："客官，你打听的多奇怪啊！谁人敢说呢。皇帝有个占卦的，一切事都占得出，他若知道了，我会活不了命。"

藏王使者知道老妇人胆小，给她壮胆说："老嬷嬷，你放心，你把你知道的都告诉我吧！你依我的办法告诉我，皇上任何占卦的也占不出来的。"

为了让洗衣妇人大胆地说出来，他取来三个白石头，上面放一只锅，锅里装满了水，水里放一张木凳，让老妇人坐在凳上。又取一支铜号，交与老妇人，对她说道："老嬷嬷，你用这铜号说吧！你这样说，任何占卦的都只能占出，'这说话的人住在一座木山上，木山在一个铁海里，铁海在三座大银山的顶上，说话的人是用铜嘴银牙说的。'这样一来，任何人都不知道那些银山在哪里，那铜嘴银牙的人是个什么仙人了。老嬷嬷，他们还会说你是什么仙人啦！你说吧，你大胆地说吧！"

他这样一说，老妇人大胆起来，就向他说了。

她说："客官，你千万不要指那顶好看的，因为公主虽然不丑，但也不一定顶好看；因为她是公主，她的一分美丽，总常常被人夸成十分。还有，你不指头上和尾上的，因为皇上怕人轻易指出，所以每天都叫公主立在队伍中间。还有那公主从小就爱在发上搽一种蜜水，因此常常招引蜂蝶在她头上飞。她也最喜爱蜂蝶，从不驱走它们。这蜜水是外国进贡来的，别的姑娘没有，你若看见有蜂蝶在头上飞的，那一定是公主了。——这些都是宫人说的。宫人说到厨子耳里，我替厨子洗衣服，厨子又说到我耳里了。客官，我只能说这些了，你去闯运气吧！"

藏王使者谢了她，就进宫去认公主去了。他不轻易乱认，他不指最好看的，也不指前头和尾上的。他一直延挨着，正午的时候，蜂蝶都热闹地开始采蜜时，他果然看见一只金色的蜜蜂，在队伍中间一个姑娘的头上盘旋。那姑娘也一点不惊怕，用柔和的眼光看着那蜂。藏王使者就立即指着这姑娘，说她就是公主。恰恰他指的正是公主，这使皇帝和大臣们以及其他六个使者都非常吃惊。

唐朝皇帝觉得很奇怪。他想：这使臣从没见过公主，怎么会比六国使臣都认得准？大概有人告诉他什么了吧！他叫占卦的来占，当然，占卦的胡说了一阵，也没说出什么。

皇帝没法，只好把公主许给了藏王，并且让使者觐见公主。

他见公主时，对公主说："公主，我真感谢皇上允许了这件婚事，使藏王有你这样一个贤惠的王妃。不过，你去时，皇上一定要给你许多嫁妆，别的东西你千万不要，因藏王那里什么都不缺少。你只向皇上要五谷的种子和锄犁，还要有技艺的工匠。这样，我们可和汉人一样种更好的庄稼，过更好的生活了。对我们西藏来说，这将比什么嫁妆和金银还值价。"

公主果然听了他的话，出嫁时她什么都不要，只要五谷的种子、锄犁和有技艺的工匠。皇帝觉得女儿要得奇怪，就为她装了五百驮马驮的五谷种子，一千驮马驮的锄犁做嫁妆，同时还选了几百个最好的工匠去陪送，送她到藏王那里去。

从此，西藏地方有了比原来更好的庄稼，也有了比以前更多更好的工艺品。西藏地方用的水磨，到现在为止，人人都说这就是那公主带到西藏的工匠教藏族农民安置的。

整理：肖崇素

选自贾芝、孙剑冰编《中国民间故事选》

赵州桥

（河北）

赵州有两座石桥，一座在城南，一座在城西。城南的大石桥是鲁班修的，城西的小石桥是鲁班的妹妹鲁姜修的。

鲁班和他的妹妹周游天下，到了赵州。远远就看见赵州城黄澄澄的城墙了，走到近处，却见一条白茫茫的洨河拦住去路。河边上挤了很多人，籴谷的，卖草的，运盐的，贩枣的，往作坊里送棉花的，赶庙会卖布的，挑着担子，拉着毛驴，推着车子，一齐吵吵嚷嚷，争着要渡河进城。河水流得很急，只有两只小船摆来摆去，半天也渡不过几个人。有人等得不耐烦，就骂起来了。鲁班看了，就问："你们怎么不在河上修座桥呢？"问了几个人，都说："洨河十里宽，流沙多又深，迎遍天下客，没有巧匠人。"鲁班和鲁姜看看河水地势，就发心愿给赵州人修两座桥。

鲁姜走到哪里，总是听见人夸奖她哥哥多巧多能，心里很不服气，这回要跟鲁班赌赛一下，就说修桥两个人分开来修，一人修一座，看谁先修好。天黑开工，鸡叫天明收工，谁到鸡叫还完不成，就算输了。这么说好了，就分头准备起来。鲁班修城南的一座，鲁姜修城西的一座。

鲁姜到了城西，聚集聚集材料，急急忙忙就动手，才半夜工夫，就把桥修好了。她心想这回一定把哥哥比下去了，倒要看看哥哥这会做到个什么样子，就偷偷跑到城南来。谁知到了那里，河还是河，水还是水，连个桥影子都没有，鲁班也不在河边，不知道跑到哪里去了。她正在纳闷，远远看见南边太行山上下来一个人，赶着一大群绵羊，蹿蹿跳跳往这边来了。走到近处，一看，那人正是她哥哥，他赶的哪里是一群羊啊，赶的是一块一块雪白细润的石头。鲁姜一看这些石头，心就凉了。这是多好的石头啊！这要造起一座桥来该多结实，多好看啊！拿自己修的桥跟它比，哪比得过啊！她想，一定要有两手盖过他的，念头一转，就急忙回到城西，在桥栏杆上细细地刻起花来。刻了一会，桥栏杆都刻遍了，牛郎织女、丹凤朝阳，还有数不清的奇花异草……鲁姜看看，心里又得意起来。她沉不住气，又跑到城南来看鲁班。鲁班这时把桥也快修完了，只差桥头两块石头没有铺好。她一看，着了急，就尖起嗓子学了两声鸡叫。她这一叫，引得村前村后的鸡也都急急忙忙一齐叫唤起来。鲁班听见鸡叫，赶忙把两块石头往下一放，桥也算修成了。

这两座桥，一大一小。鲁班修的大刀阔斧，气势雄壮，叫大石桥；鲁姜修的精雕细琢，玲珑秀气，叫小石桥。直到现在，赵州一带的姑娘挑枕头绣花鞋的时候，母亲们还说："去吧！到西门外小石桥栏杆上抄几个好花样来！"

赵州一夜修起了大石桥，修的还说不出有多么结实，多么好看。第二天，这事就轰动了远近各州城府县，连住在蓬莱岛上的八洞神仙也都听到了消息。神仙里的张果老是个好事的人，听说有这件事，就牵上他的乌云盖顶的毛驴，驴背上褡裢里，左边装了日头，右边装了月亮；又邀上柴王，推上金瓦银把的独轮车，车上载着四大名山，游游荡荡，就来到了赵州。到了桥边，张果老高声问道："这桥是谁修的呀？"鲁班正在桥边察看桥栏桥洞，听见有人问，就回答："这桥是我修的，怎么啦？有什么不好吗？"张果老指指毛驴小车，说："我们过桥，它吃得住吗？"鲁班一听，哈哈大笑，说："大骡子大马只管过，还在乎这一头毛驴、一驾车？不妨事，走你的！"张果老、柴王爷微微一笑，推车赶驴上桥。他们才上去，桥就直晃晃，眼看要坍。鲁班一看不好，连忙跑到桥下双手把桥托住，这才把桥保住。桥身桥基经过这一压，不但没有损坏，倒更加牢实了；只是南边桥头被压得向西扭了一丈多远。所以，直到现在，赵州桥上还有七八个驴蹄印子，那是张果老留的；三尺多长一道车沟，那是柴王爷推车压出来的；桥底下还有鲁班的两个手印。早年间卖年画的时候，还有鲁班爷托桥的画卖呢。

张果老过了桥，回头看看鲁班，说："可惜了你这双眼睛哟！"鲁班觉得有眼不识人，越想越惭愧，便把自己一只眼睛用手挖了，放在桥边，悄悄地走了。后来马玉儿打赵州桥路过，看见了，就把眼睛拾起来，安在自己额上。鲁班是木匠的祖师爷，所以现在木匠做活，到平准调线的时候也都用一只眼睛。而后人塑马王爷的像，就给塑了三只眼。

鲁班给赵州人造了大石桥，历代的人感念不忘，直到现在，放牛的孩子还在唱：

赵州石桥什么人修？
什么人骑驴桥头过，
压的桥头往西扭？
什么人推车桥上走，
车轮子碾了一道沟？

赵州石桥鲁班修；
张果老骑驴桥头过，
压的桥头往西扭；
柴王推车桥上走，
车轮子碾了一道沟。

搜集整理：平水、曾芪

选自贾芝、孙剑冰编《中国民间故事选》

黄鹤楼

（湖北）

武昌蛇山古时候叫"黄鹄山"。山头有家姓辛的老夫妻，无儿无女，开了一座小酒铺卖点酒菜为生。老两口做生意公道，酒菜好，再加上这里景色优美，招来蛮多顾客。

有一天来了一个道人，喝了酒没有把钱就走了，这老两口也没有向他要。以后这位道人不断线地来喝酒，吃完喝完嘴巴一抹就走，连个谢字也不说。老两口心里想：出家人嘛，到哪里不是化缘吃饭呢？生意还兴旺，也不缺他那几个酒钱，就不计较，还是把他当客人一样热情款待。一日三，三日九，转眼到了秋天。这天道士又来喝酒，一边喝一边剥橘子吃，吃完拿起剥下来的橘子皮，在酒铺的粉墙上画了一只飞舞的仙鹤，黄灿灿的，蛮好看。道士对老两口说："我就要到远方去云游了，你们老两口对我的盛情款待，我感激不尽。出家人没有好东西报答你们，我画了一只仙鹤在墙上，喝酒的客人来，你们只要拍拍手，它就会飞下来跳舞助兴；从今天起你们也不用熬更守夜自己做酒了，屋后那口井的水，打起来就是好酒。"说完就辞别出门，飘然而去。辛氏老两

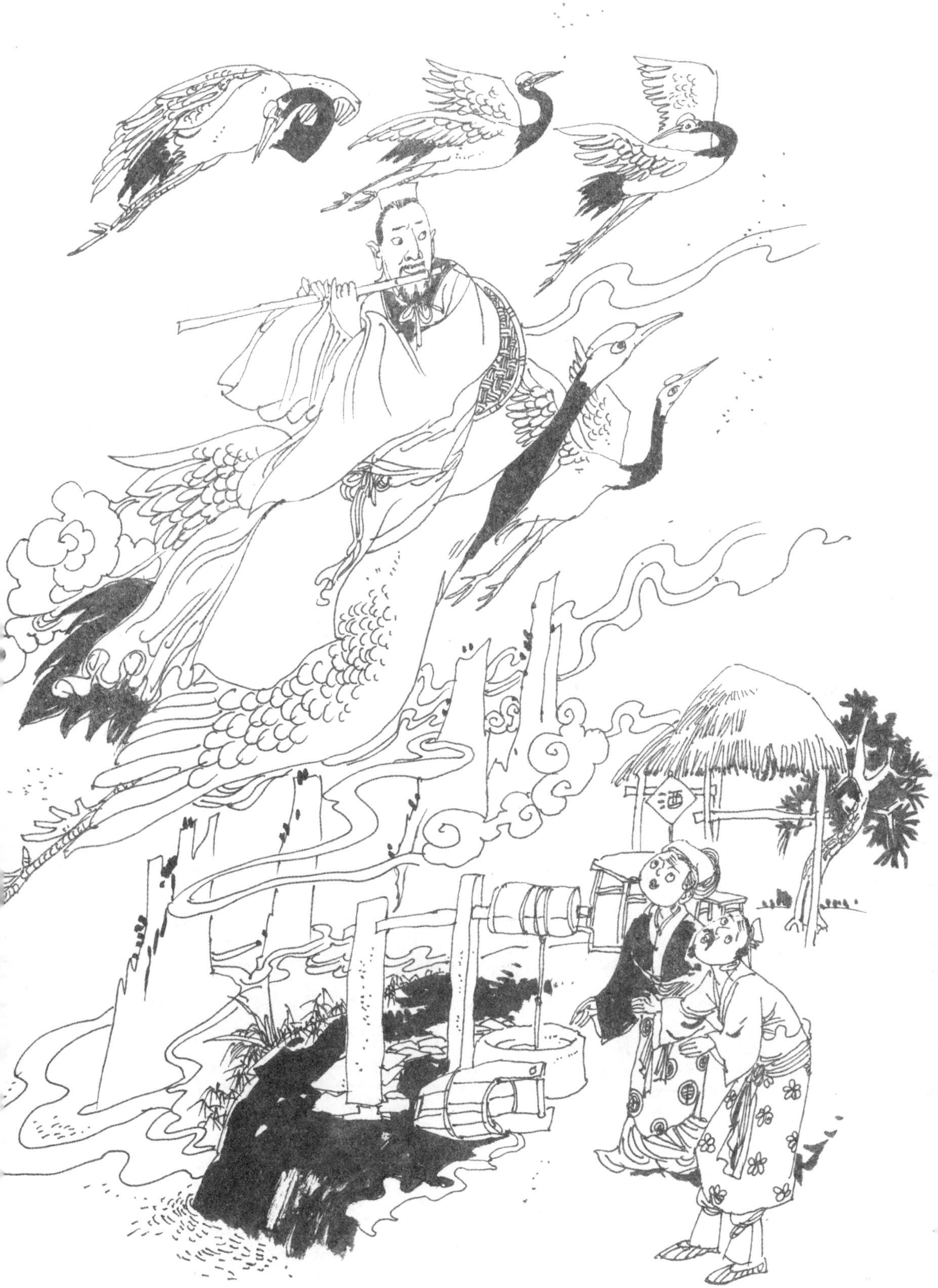
酒

口听了这番话又惊又喜,又半信半疑,就赶忙试个真假。把手轻轻拍两下,眨个眼,那黄色的仙鹤真的从墙上飞下来翩翩起舞咧!再跑到屋后去打井水,果然酒香扑鼻,喝到嘴里甘绵醉人,喜得老两口望着天拜了又拜。

从这以后,辛氏夫妻就以井水代酒,引仙鹤跳舞招待顾客。人们一传十、十传百,到这里喝酒和观赏黄鹤跳舞的越来越多,老两口的生意也就越做越发旺了。过了年把,道人云游回来,又来饮酒。老两口见了恩人,格外热情款待。道人一边喝酒一边问他们生意好不好,辛爹爹回答:"多承您的关照,生意蛮兴旺。我们老来有靠,不晓得该么样感谢您哩!"辛婆婆人心不足,就说:"好倒是好,就是喂的猪没有糟吃。"道士一听,放下酒杯长叹了一声,嘴里念了四句话:

> 天高不算高,
> 人心第一高,
> 井水当酒卖,
> 还嫌猪无糟。

他站起来,抽出随身带的铁笛吹了几声,黄鹤从墙上飞下来,伏在道士面前,道士跨上黄鹤腾空而去。从此,屋后的井水也不再是酒了。老两口十分后悔。悔也悔不转来了,就把赚的钱建了一座飞檐翘角的高楼,取名叫"黄鹤楼",来纪念这段奇遇,表达自己的悔过之心。所以人们又叫它"辛氏楼"。

整理:蓝蔚

选自《中国民间故事集成·湖北卷》

八仙闹海

（浙江）

东海渔民有个忌讳：驶船出海，船上不准坐七男一女，怕在大洋里出事。为什么会有这个忌讳？据老渔民讲，原来与八仙过海有关。

有一天，上八洞神仙吕纯阳（吕洞宾道号纯阳子），约会了倒骑毛驴的张果老、手提花篮的蓝采和、横吹洞箫的韩湘子和独脚大仙铁拐李等，一共八人，过东海蓬莱。

这八位大仙，腾云驾雾，一霎时即可到达蓬莱。可是吕纯阳偏要别出心裁，提出要乘船过海，观赏海景。张果老和铁拐李爱凑热闹，给吕纯阳帮腔，说得汉钟离也动了心。

何仙姑说话了："吕仙兄，过海观景，固然雅致。可是，何来渡船呢？"

吕纯阳指指铁拐李的拐杖，胸有成竹地说："渡船就在眼前。不劳仙姑费心。"说着，口中念念有词，拿过拐杖，往大海抛去，喝声"变"，拐杖落海，顿时变成一艘大龙船。

八仙好不欢喜，先后登船。龙船离开海岸，顺风顺水向大海漂去。

海上的景致美极了，天空湛蓝湛蓝，大海碧清碧清，波光潋滟，鱼跃鸥鸣，水天一色，无限清平，身在海上，如在画中。

吕纯阳见景生情，又出新花样了。他对张果老说："良辰美景，焉能无歌舞雅乐助兴？何况诸位仙翁，精通丝竹音律，善弄霓裳羽衣，今日一定要玩个尽兴方休。"

曹国舅云板一拍，说："妙哉高论，理该如此。"众仙纷纷应和。

韩湘子吹箫，曹国舅打响七巧板，张果老敲动凤阳鼓，何仙姑和蓝采和唱曲，吕纯阳舞剑，汉钟离摇着蒲扇，铁拐李捧着葫芦，一起助兴。这一来，东海可热闹啦！仙乐伴着妙喉，声震东海龙宫。不料因此惹来一场麻烦。

原来，龙宫里有条花鳞恶龙，是龙王的第七个儿子，称为"花龙太子"。这天，他闲得没事，在水晶宫外游荡，忽闻海面上有仙乐之声，便循声寻去，猛见一艘雕花龙船，内坐八位仙人，其中有个妙龄女郎，桃脸杏腮，楚楚动人。花龙太子见此仙姿，魂魄俱销。他忘了师傅南极仙翁的忠告，忘了龙母的训导，想入非非，似魔似痴地迷上何仙姑了。

八仙在海上寻欢作乐，怎会想到花龙太子半路挡道。平静的海面突然掀起一个浪头，大海裂开一个缺口，雕花龙船和八大仙一齐陷了下去。

船翻身，人落水。蓝采和的一篮鲜花都倒在海里了。张果老眼尖，赶快爬上毛驴背。曹国舅心细，脚踏巧板浪里漂。韩湘子放下仙笛当坐骑。汉钟离铺开蒲扇垫脚底。铁拐李失了拐杖，幸亏抱着个宝葫芦。只有吕纯阳，毫无戒备，浑身浸在海里，泡得像只落汤鸡。

这时汉钟离慌忙查点人数，点来点去，只有七位大仙。男的俱在，独缺一个何仙姑。奇怪，这何仙姑到哪里去了呢？汉钟离掐指一算，吃了一惊：原来是花龙太子拦路抢亲，把何仙姑抢到龙宫里去了。

这一下，大仙们可动了肝火。吕纯阳拔出宝剑，暴跳如雷；蓝采和手托花篮，横眉怒目；张果老骑毛驴，撒蹄欲追；韩湘子说："敖广龙君，家教不严，纵子行凶，竟敢欺到我八仙头上，这还得了？大仙们，快显神通吧！"

吕纯阳大声叫道："对对！闹他个海沸宫塌，鱼哭龙泣，长一长咱上八洞神仙的威风！"

七位大仙，各携法宝，杀气腾腾，直奔龙宫。

花龙太子知道七位大仙不会善罢甘休，早在半路上伺候着。他见大仙们来势凶猛，慌忙挥舞珍珠鳖鱼旗，催动虾兵蟹将，掀起漫天大潮，向七仙淹来。吕纯阳正欲挥剑迎战，汉钟离说："徒儿让过一旁，看为师手段！"说着，挺着个大肚子，飘飘然降落潮头，轻轻扇动蒲扇，只听"呜——嗡——"，一阵狂风把万丈高的浪头和虾兵蟹将，都扇到九霄云外去了，吓得四天王连忙关了南天门。花龙太子见汉钟离破了他的法，忙把脸一抹，喝声"变"，海里突然蹿出一条巨鲸，张开闸门似的大口，前来吞食汉钟离。

汉钟离急忙扇动蒲扇，不料那巨鲸毫无惧色，嘴巴越张越大。这下，汉钟离可慌了神了。正在危急中，半空中突然传来蓝采和的喊声："汉仙兄，你且莫慌，待我来收拾它。"说罢，顺手将花篮掷下，不偏不倚，正好套在巨鲸头上。好险啊，要不是蓝采和的花篮罩下来，汉钟离早被巨鲸吸到肚皮里去了。

原来这巨鲸是花龙太子变的。这时他被花篮当头罩住，慌忙化作一条海蛇，向东逃窜。张果老拍拍叫驴，撒蹄追赶。眼看就要追上，不料叫驴被蟹精咬住脚蹄，一声狂叫把张果老掀下驴背。幸亏曹国舅眼疾手快，救起张果老，打死了蟹精。

花龙太子输红了眼，现出本相，只见五颜六色的龙鳞闪耀着，他张舞着尖利的龙爪，向大仙们猛扑过来。

七位大仙，各祭法宝，一齐围攻花龙太子。汉钟离扇动蒲扇，扇得海水沸腾；曹国舅云板一敲，虾兵蟹将七颠八倒；张果老的叫驴口喷烈火；蓝采和的花篮伏魔收妖；韩湘子的魔笛妙术无穷；吕纯阳的宝剑寒光闪耀；铁拐李挥动拐杖，搅起东海万顷波涛。

花龙斗不过七仙，只得向龙王求救。龙王听了，把花龙太子痛骂一顿，连忙送出何仙姑。好话讲了一千遍，八仙还不肯罢休。龙王没办法，只好请南极仙翁出面讲和，一场风波总算平息了下来。

八仙再也没有兴趣去游蓬莱岛了，真是乘兴而来，扫兴而归。大家都怪吕纯阳，说他节外生枝，才寻来一场懊恼。吕纯阳笑着说："这要怪何仙姑啊，谁叫她是个女的，又生得这么漂亮呢！"

花龙太子在仙人面前吃了败仗，便怀恨在心，每见有七男一女同船出海，便要前去寻衅，所以在民间就有了这个忌讳。

搜集整理：金涛

原载《八仙的传说》

刘三姐唱歌得坐鲤鱼岩

(广西·壮族)

刘三姐原住罗城县，搬家到相邻的宜州下枧河畔中枧村。父亲早年去世，三姐跟着哥哥刘二耕田砍柴。

三姐聪明伶俐，从小学会绩麻，爱唱山歌，是个天才歌手。她不论上山砍柴，下地做工，或到河边挑水洗衣，总是歌不离口。后生们听到她的歌声，赶来对唱，可是方圆百里没有一个能唱赢她。

三姐跟着哥哥农忙在田地耕耘，农闲夜间绩麻，白天上山砍柴，挑到附近圩上卖，买回油盐，清贫日子也还过得安稳。

三姐每天上山砍柴，把扁担插在崖边，把茶罐挂在树上，攀上崖边的葡萄藤和后生们对唱山歌。刘二怕唱歌耽误活路，劝三姐不要唱。三姐俏皮地回答道："二哥，你不要着急，我唱山歌不误工，不信等下看看哪个砍的柴多。"刘二心想，自己是砍柴能手，三妹不唱歌，已比不过，再唱歌耽误就不用讲了。谁知当天晌午后，兄妹两人挑柴到圩上过秤一称，刘二砍的柴比三姐的少了十多斤。

为了阻止三姐唱歌，刘二又出新主意。一天，兄妹二人上山开荒。

刘二对三姐说:"今天我们比锄地,你若挖得比我少,以后不准你唱歌。"三姐点头答应,两人同时开工,各开一块荒地。两人你追我赶,两把银锄飞舞,挖到日头偏西,三姐把刘二甩在后头。刘二正着急,这时山那边传来歌声,三姐放下锄头去对歌。刘二暗喜,想趁这个时机赶上去。他拼命地锄呀锄呀,赶到日头落山才收工,收工后一量,三姐挖的地比刘二的多。

刘二两次败阵仍不服气,要和三姐再次较量。他划定两块同样大的田,各插一块秧,看谁插得又快又匀。刘二天蒙蒙亮就下田。他狠命地插呀插呀,插秧快如鸡啄米。他日头正中插了大半块田,掉头一望,三妹的田还空着,心想这次一定赢了,坐在田基上,要休息抽烟。这时三姐边唱歌边走过来。刘二大声说道:"三妹呀,这回你骑马也赶不上我了。"三姐笑着答道:"二哥,等下才见高低。"刘二一袋烟未抽完,又赶忙插田。三姐不慌不忙捧起秧苗围着田周围插一圈,不多久整块田都长满秧苗,苋苋匀称,行行笔直,像打墨线一样。三姐的田插完了,刘二还有一角田空着。

连连三次败阵,刘二再不敢以误工来阻止她唱歌了。三姐越唱歌越多,名声越传越远。

一天,三姐到下枧河边洗衣,见河里开来一条船,船上有三个广东秀才,特地远道来跟三姐对歌。三姐唱道:

三秀才,

问你船来是路来?

船来摇断几把桨?

路来穿烂几双鞋?

三位秀才听了交头接耳商议片刻，答道：

细妹崽，
我是船来路也来。
我坐帆船不用桨；
我骑白马不烂鞋。

双方互通姓名，三秀才知道这唱歌的姑娘就是刘三姐，果然名不虚传。三姐听说三秀才一个姓陶，一个姓李，一个姓罗，便又唱道：

姓陶不见桃结果，
姓李不见李花开，
姓罗不闻锣声响，
远路客人哪里来？

三个秀才你望我，我望你，抓抓头，捋捋胡须，一个也想不出怎样对歌，慌忙进船舱翻看歌书，翻完满船歌书仍然对不上，只得掉转船头溜走。从此三姐的美名传遍两广。

慕名前来和三姐对歌的人越来越多，家里的活路挨阻误。有时三姐去河边挑水，放下水桶和别人对歌，误了煮饭做菜。刘二火了，便做了一对尖底桶给三妹，让她不能再放下水桶来唱歌。谁知三姐是个半仙的人，她挑尖底桶去挑水时，放下尖底能立住，照样能停下来唱歌。

姑娘长大了，心也大了，白天出去唱山歌，晚上还悄悄出去和小伙子唱。日子久了，风言风语多起来。刘二听到了，责骂她败坏家风，拦门铺床睡，不让她晚上出去。谁知三姐有隐身法，她从哥哥身边走出门，刘二却睁着眼睛没看见。三妹半夜走出门外回头对哥哥唱道：

  我哥癫！
  我哥铺床在门边；
  妹妹半夜走出去，
  我哥睡梦不知天！

  刘二从蒙眬中醒来，找不见妹妹，连夜追到下枧河边，见她正和小伙子们对歌，肝火大发，责令她马上回去。她歌兴正浓，不愿回去。刘二随手捡起一块鹅卵石，说道："你用手板煎这块石头。如果煎得软，就给你在这里唱歌，煎不软，乖乖跟我回家。"三姐接过石头，唱道：

  我哥癫，
  拿块石头给妹煎，
  若把石头煎得软，
  哥变石头妹变仙！

  唱罢，即刻烧起柴火，三姐当场用手板当锅在火上煎石头。一袋烟工夫，坚硬的鹅卵石竟被煎得糯米糍粑一样软。围看的小伙子们拍手称赞。刘二忍着一肚子气走了。
  刘二多次制止不了妹妹唱歌，加上村里一些人添油加醋，火上加油，他下狠心要把妹妹除掉。一天，三姐上山砍柴，先到葡萄藤上荡着秋千跟小伙子们对歌。她唱得正入迷时，刘二悄悄来到崖边，用柴刀把她攀的葡萄藤砍断。谁知三姐抓住断藤摇晃几下，断藤又连上了藤根。刘二连砍断三次，三次都接上了。妹妹对哥哥唱道：

葡萄果，葡萄藤，
全靠葡萄救妹生；
大水难断喜鹊桥，
柴刀难断救命藤！

刘二无可奈何，说道："妹妹，我砍藤是吓你的，只要你不再唱歌惹是招非，我就不砍了。"三姐答道："我宁愿三天三夜不吃饭，不愿一天一夜不唱歌。"刘二又气又恨地走了。

刘二砍藤失败后，坏心肠的人暗中向他献计，要把三姐害死。几天后，三姐上山砍柴，照样攀上葡萄藤同小伙子们对歌。刘二手拿柴刀和铜脸盆，悄悄来到崖边，用柴刀砍断了葡萄藤。三姐抱着断藤摇晃几下，断藤正要接上时，被刘二用铜脸盆隔住藤根。断藤接不上了，"哗啦"一声，三姐和断藤一起掉下河里。她的扁担还插在崖上，茶罐还挂在山坡上呢。

三姐被大浪冲走。葡萄藤卷成大圈圈，托住昏迷的三姐顺江流下，从下枧河流进龙江，再从龙江漂流到柳江。

三姐漂流近柳州时，被一个老渔翁搭救。三姐感激老渔翁救命之恩，拜为义父。渔翁把三姐带回龙潭村居住。渔翁下河打鱼，三姐在龙潭边绩麻补网，晚上到鱼峰山鲤鱼岩同后生们唱歌。日子越久，慕名来对歌的人也越来越多，可是两广的歌手，没有一个是她的对手。后来有个农夫来和三姐对歌，在鲤鱼岩里一直唱了三年又三个月，仍不分胜负，三姐有点支撑不住了。这时，小龙潭跃起一条大鲤鱼，三姐跃身上鱼背，骑鱼上天去了。农夫呆望着三姐上了天，叹息一声，也离开了。

柳州的百姓为了纪念歌仙刘三姐，把她的塑像安放在鲤鱼岩，让后人供奉。千百年来柳州一带流传着赞颂她的山歌：

唱歌好，
唱歌得耍又得玩，
不信你看刘三姐，
唱歌得坐鲤鱼岩。

讲述：韦奶
采录翻译：谭桂清
选自《中国民间故事集成·广西卷》

牛郎星和织女星

(湖北)

牛郎父母去世后,他的哥哥嫂嫂便同他分了家,霸占了大部分家产,只分给他一头牛和一间破破烂烂的房子。牛郎对牛很好,牛棚里早晚垫得干干的。白天他和牛一起上山,夜里,他就睡在牛棚里。一有空牛郎就给牛梳毛、割草,把牛侍候得膘满肉肥,毛色闪闪发亮,溜光溜光。

一年一年过去了,牛慢慢老了。一天,牛郎赶老牛上山,老牛不吃草,只是站在那儿出长气。牛郎问:"牛大哥,牛大哥,你往日进山里,甩着尾巴,大口大口吃草。今儿怎么就不高兴啦?"

牛郎本是说着玩的,想不到老牛张张嘴,眼泪直流,真的答话了:"牛郎,牛郎,你侍候我这些年,把我看作亲兄弟。我今天对你说实话,我是天宫的牛头夜叉,因犯了天条,降下凡来。时间到了,我要返回天宫去了。我看你一个人怪孤单的,寻思着给你办个好事。明天中午,你翻过后山,山那边河里有七个姑娘在洗澡。你只要把其中一件黄绿色的衣服带回来,好事就能办成了。"

第二天中午，牛郎照着老牛说的来到了河边，果真有七位姑娘在洗澡。牛郎在花花绿绿的衣裳中找到了黄绿色的衣服，并将它带回来给老牛看。

老牛点点头，哭了起来，他这一哭，牛郎也哭了。老牛说："我要走了。我死后，你把我的皮剥下来，把角取下来，有急事的时候，这两件东西能助你一臂之力。"说完，老牛就死了。

牛郎在老牛身旁大哭一场，含着眼泪剥牛皮、取牛角，埋了牛身子。

晚上，牛郎正孤零零地对着那件黄绿色的衣裳发愣，屋里突然进来个姑娘。原来她是天上的织女，长得好像用笔画出来的一样。织女说："牛郎，我住下和你成亲吧！"

牛郎说："你是神仙，我是凡人，怎么能成亲呢？"

织女反问道："不能成亲，你为什么要拿我的衣裳呢？"

牛郎被问住了，只好答应了。

一年过去了，织女生下一儿一女，两个娃娃又胖又惹人爱。一家人在一起，日子过得和和美美。

某年的七月初七，突然狂风大作，云雾茫茫，天上"咚咚咚"起了天鼓，天兵天将踏云而来。只听他们在云里大喊："织女归天！织女归天！"

织女听到喊声，伤心地哭了起来，她舍不得离开牛郎和孩子。她对牛郎说："我在天上天天织布，不回去不行。我走后，你要把孩子照顾好。"说着天鼓又响了起来，天神又喊又叫，织女不得不飞上天去了。

牛郎眼睁睁地看着织女越飞越高，却束手无策。

这时他想起老牛的话来，连忙用一对箩筐挑着两个孩子，披上牛皮，踏上牛角，也飞了起来。在牛皮、牛角的帮助下，牛郎越飞越快，眼看着就要追上织女了。

这时王母娘娘出现了,她摘下发簪往他们中间一划,一条波涛汹涌的天河顿时奔腾而出,把一家人分隔两地。

织女和牛郎泪流满面,孩子哇哇大哭,不停地喊着"娘亲"。王母娘娘见此情形,于心不忍,便让牛郎也留在天上,但只允许他们每年的七月初七相会一次。

从此天河两岸出现了两颗闪亮的星——牛郎星和织女星,那就是牛郎和织女变的。每年在牛郎织女相会的那天,成群的喜鹊在天河上搭起一座桥,让牛郎和织女过桥相会。那几天人们很少看见喜鹊,因为它们都飞到天河那里搭桥去了。有人说,十二岁以下的小娃娃钻进苦瓜架下,还能听到牛郎织女在桥上会面时说的悄悄话呢。

讲述:冯明文

搜集整理:李征康

选自《伍家沟村民间故事集》

白蛇的传说[1]

(江苏)

一、保和堂

许仙和白娘娘从姑苏逃到镇江,在五条街上开了间保和堂药店,夫妻俩过得恩恩爱爱,甜甜蜜蜜。

这时,镇江正闹瘟疫,一个传一个,害病的面黄肌瘦,没精打采,躺在床上的,倒在路边的,到处都是。

一天,许仙愁眉苦脸地跟白娘娘说:

"外面闹瘟疫,正要药用,店里药不多了,怎么办?"

白娘娘想了想,说:

"草药,我倒认识哩!外头药既然一时难进,不如明天起,我到山上去采,店里有了药,也好解救百姓。"

---

[1] 本篇是流传在江苏一带的"白蛇的传说",故事并不完整,未交代主人公最后的结局。

许仙说:"山上野兽多,你可要当心啊!"

白娘娘点点头。

第二天,到了五更三点,白娘娘背了一只药篓子出去了。到哪里去采草药呢?镇江西门外三十里有一座高山,叫"嵌船山",又叫"百草山"。传说当年这里一片汪洋,岛上住些人家,终日阴气沉沉,蛇蝎横行,百姓苦得不得了。百草仙子装了一船草药,来救受苦受难的百姓,不想半路上遇到狂风把船刮翻了,变成了一座山。——至今这山还像座底朝天的船,山上长了百样草药。

白娘娘驾了白云飞到百草山,满山百草直点头,奇香异味一个劲往鼻子里钻。白娘娘站在百草丛中,很快采集了一篓子草药。

打这天起,保和堂药店的药又多了起来,什么龙胆草、金银花、杜仲、黄柏,堆得像一座座小山。白娘娘和许仙在店门口,又摆了一口圆桌面大小的水缸,泡了满满一缸草药,不要钱,治好了不少穷苦百姓的疾病,救活了不少人的性命。

俗话说:"好事传千里。"镇江到处很快传开了:"保和堂的药灵、人好。"这么一来,百姓都朝保和堂跑了。哪晓得,这件事触犯了金山寺的法海和尚。本来百姓有病,总跑到金山寺找法海和尚画个符,念个咒,弄点什么"灵丹""妙药",少不得送钱送礼;不想如今有了病,都往五条街上的保和堂跑了,他不恨吗?再一细打听,原来是对头星白娘娘干的,他更恨了。他闭着眼睛,拨弄着佛珠,终于想出了一条毒计……

这天,到了五更三点,白娘娘药篓一背,又去采草药了。许仙刚刚送走白娘娘,关好门,只听见外头"笃笃笃",传来一阵木鱼的声音。这声音越来越响,大清早的听得人心烦。许仙把门一开,只见一个圆头胖脑、白净净的老和尚盘膝坐在门口,脚前放了面盆大的木鱼,闭着眼睛直敲哩！

许仙是个软心肠的人，笑笑说：

"老禅师，大清早的化什么缘？"

法海摇摇头。

"老禅师，既不化缘，有什么事吧？"

法海慢慢睁开眼，一双贼眼直转，转到许仙的脸上，说：

"老僧看你脸上有妖气！"

许仙吓了一跳，急忙问：

"老禅师，此话怎讲？"

"此处不是谈话处，明日到金山寺找我法海！"法海说着站了起来，两眼露着凶光，压低嗓门，声音像蚊虫一样，"这话上不能告诉父母，下不能告诉妻子儿女，不然可要五雷击顶啊！"

法海说完，敲着木鱼向金山寺方向走去。

二、五月端午

第二天，许仙从金山寺回来之后，一直闷闷不乐，终日愁眉苦脸。本来恩恩爱爱的夫妻，如今总是离汤离水。

五月端午到了，家家门上插艾草，人人喝点雄黄酒，避避蛇虫。

小青青根基差，白娘娘叫她躲进了深山。

中午，许仙死缠硬拉，一定要白娘娘陪他吃雄黄酒。为啥？那日，法海跟他说白娘娘是妖怪。开始，许仙怎么也不相信，但法海一口咬定白娘娘是白蛇。说你端午节要她喝雄黄酒，她一定不肯喝；她要是喝了，就会现出蛇形来。许仙一直把这话憋在肚里，疑疑惑惑，刚好今天是端午节，他想试试。

白娘娘晓得许仙硬拉她喝雄黄酒，是法海用的"雄黄计"，就不肯

喝。许仙一看,这不是应了法海的话吗?脸朝下一沉,说:

"你我既是真夫妻,你就喝!"

这一说,白娘娘尴尬了。不喝吧,要中法海的计;喝吧,自己要现形。怎么办?她笑了笑,勉勉强强喝了半杯。许仙一望白娘娘真喝了雄黄酒,也就不把法海的话放在心里了。

白娘娘喝下了半杯雄黄酒,心里着实难过,像刀绞一般。她跟许仙说:

"相公,今天我头有点昏。"

"那你就先在床上躺躺吧!"

白娘娘随手放下白罗纱的蚊帐,脸朝床里,睡觉了。今天,许仙心里高兴,连日来的疑团解了。他想,这班和尚真是疑神见鬼,搬弄是非,要是听了他的话,我们夫妻不是不和了吗?他左一杯,右一杯,喝得差不多了,也想上床休息。他把半边帐子一掀,只见一条白龙挂在帐檐下。许仙一吓,"咚"的一倒,死过去了。

午时一过,白娘娘雄黄酒性过了,一看许仙死了,晓得是被自己现形吓的,哭得死去活来。恩爱的夫妻,能不伤心吗?

这时,小青青躲过午时也回来了。

白娘娘跟小青青说:

"如今要救许郎的性命,只有到峨眉山上去盗仙草了,就是不晓得能不能回头。现在拜托妹妹一件事,许郎请你看守,我七天不回头,恐怕就死在那块了……"

白娘娘说着说着,眼泪簌簌地往下淌。

小青青说:"姐姐,你就放心好了,我一定等你回来。"

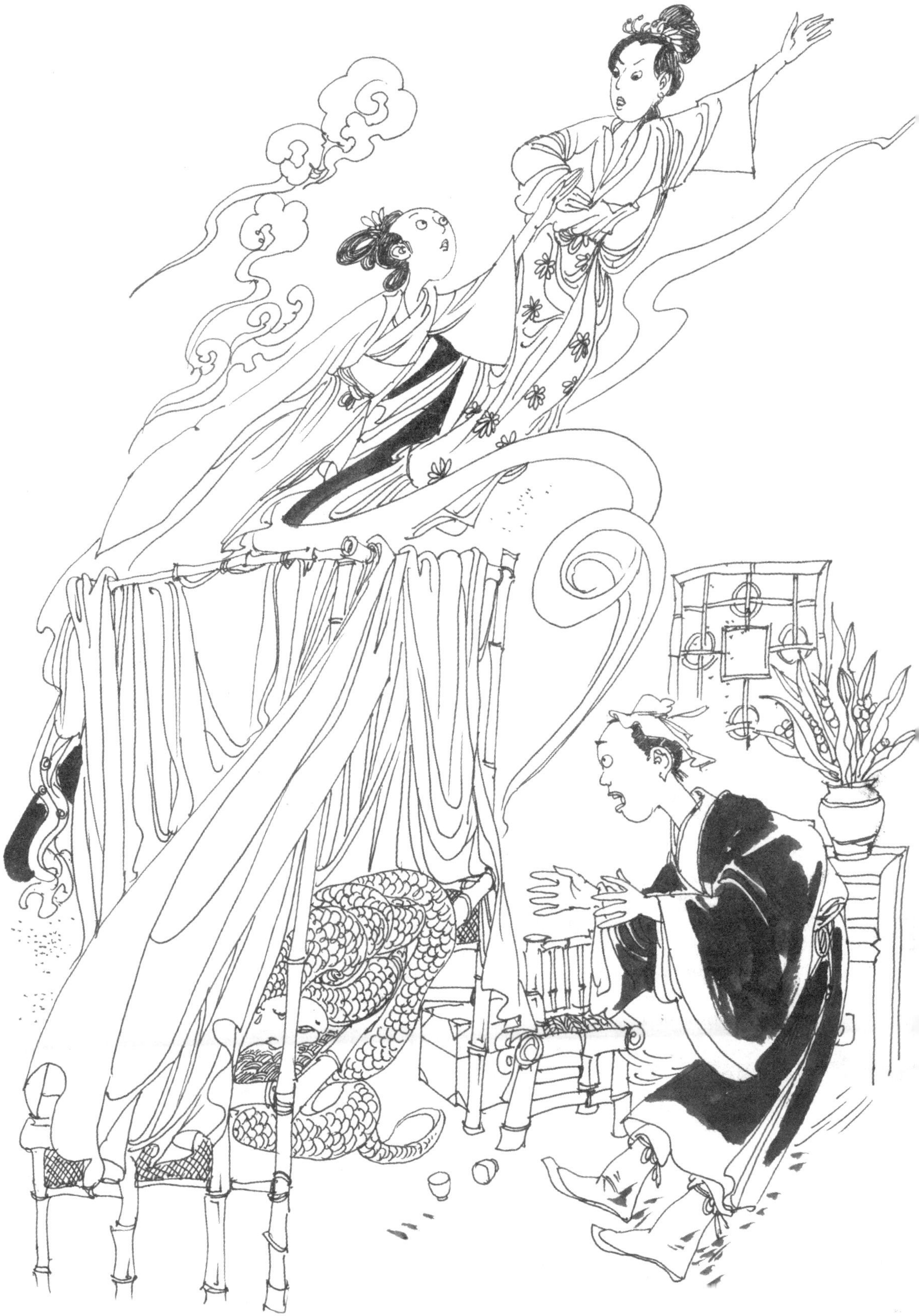

三、盗仙草

白娘娘驾了白云，越过了九十九座山，跨过了九十九条河，飞到了峨眉山。

山顶上，白鹤仙子和鹿童仙子，正看守住灵芝草哩！

白娘娘变成一条小白蛇，"吱——"的一下窜进了仙草丛中。

这时，白鹤仙子和鹿童仙子看看山上，草不动，树不摇，鸦雀无声，一切如常，就转回仙洞了。

白娘娘一望，机会来了，看来许郎有救了。她"咝咝"地向灵芝草游去。这灵芝草能起死回生呢！她一下摘了两棵，含在嘴里（怕许仙吃一棵灵芝草不行哩！）刚要走，不想鹿童仙子又出来察看了。她连忙又躲进仙草丛中，屏住气，不敢喘。鹿童仙子一望，灵芝草少了两棵，这还得了，就在四处八方找了，一下发现了白娘娘。两下打了起来，白娘娘虚晃了一下，正想溜，只听见头顶上"呱"的一声尖叫，飞来了白鹤仙子。白娘娘一吓，跌倒在地。白鹤仙子张开两个爪子朝白娘娘身上一站，伸着长长的尖嘴，就要叨。

"徒儿，休动！"

原来，南极仙翁从洞里出来了。他叫白娘娘站起来，问她为何盗仙草。白娘娘两眼泪花花的，她已怀孕六个月了。再说，许仙死去了六天，时间不能再耽搁了。她把情况一说，南极仙翁十分同情，随即叫白鹤仙子送她回镇江，今天不到，许仙就救不活了。

白娘娘伏在白鹤身上，转眼飞到镇江五条街保和堂。

小青青正在哭哩！姐姐讲七天不到，怕死在峨眉山了。她收拾收拾正准备走。

"小青青，小青青，我来了。"

白娘娘飞进窗子，站到小青青面前。

这时，许仙的命是十分剩下了一厘，只有一口游气了。白娘娘连忙弄阴阳水，把灵芝草一泡，想朝许仙嘴里灌。哪晓得许仙牙关紧咬，好不容易才撬开牙关，仙水"咕"地下肚了。只听见五脏在"扑通，扑通"地响动，不到一时三刻工夫，许仙头微微抬了一下，嘴一张，呼哧呼哧出气了。

许仙慢慢睁开双眼，一看白娘娘和小青青围住他，他一把拉住白娘娘的手，说：

"娘子，娘子，我现在在哪里？"

白娘娘一看许仙醒了，喉咙里像塞了什么东西，眼泪滴滴答答直落，一颗一颗晶莹莹的泪珠，洒在许仙脸上。

四、水漫金山

俗话说："菩萨面，蝎子心。"

许仙刚刚病好，又给法海花言巧语骗上金山寺，藏在法座背后。

这下可急坏了白娘娘。

小青青跺着脚，说：

"姐姐，法海老秃驴欺人太甚！走，我们上山跟他要人，如若不给，就杀他个鸡犬不留。"

白娘娘一想，事到如今，也只有上门要人了。不过还是先礼后兵的好。她齐眉扎起白绫包巾，上穿白绫短袄，下扎八幅罗裙，带着小青青，一路出了镇江西门。

转眼到了江边，只见白浪滔滔的长江中有一个小岛，小岛上上下下全是庙宇，隔江望去，香火腾腾，那就是金山禅寺。

白娘娘脱下一只花鞋，朝江里一抛，江上立即漂起一只五花彩棚的木船。白娘娘站在船头点篙,小青青站在后梢摇橹。

小船迎着浪头向前,来到金山寺门前。法海站在金山顶上,手执禅杖。他心怀鬼胎,早叫小和尚把寺门关得像个铁桶似的。

白娘娘看见法海,火从八处冒:"你法海三番五次破坏我夫妻恩爱,今天又逼许郎修行!"她本想辣辣刮刮地骂他一顿,解解心头之火,一想还是先礼后兵为好,便客客气气地双手一揖,说:

"长老,我和许仙是结发夫妻,如今我已怀孕六个月,家中无人照料,看在我们夫妻面上,请放他回家……"

白娘娘好说歹说,法海总是一声不吭,头高高地昂起,站在山上。过了半天,他指着白娘娘,恶狠狠地骂道:

"你这个孽畜,本是深山一个妖精,怎好和许仙成婚?这里是佛门圣地,怎容你胡闹?阿弥陀佛……"

小青青一听,这是什么话!气得两眼直冒金星,没容法海话讲完,抢上一步,大声骂道:

"你这个老秃驴,这里是什么佛门圣地?放着经书不念,伤天害理,拆散人家夫妻,真是狗咬老鼠——多管闲事!今日,如若不把许仙交还我姐姐,我小青青定要剁下你这颗秃驴头!"

法海气急败坏,提起袈裟,把禅杖举了举,露出真容,像豪猪一样嚎了起来:

"阿弥陀佛,你们这两条蛇精,胆敢胡言乱语、兴风作浪,可不要怪我法海!"

白娘娘肺都气炸了,她站在船头,对着东、西、南、北各方合手一拜,说道:

"各路龙王师兄,想我白娘娘和许仙真诚相爱,只因法海一直从中挑拨破坏,威逼许仙修行。今天不为别事,只求夫妻团聚,请各位师兄

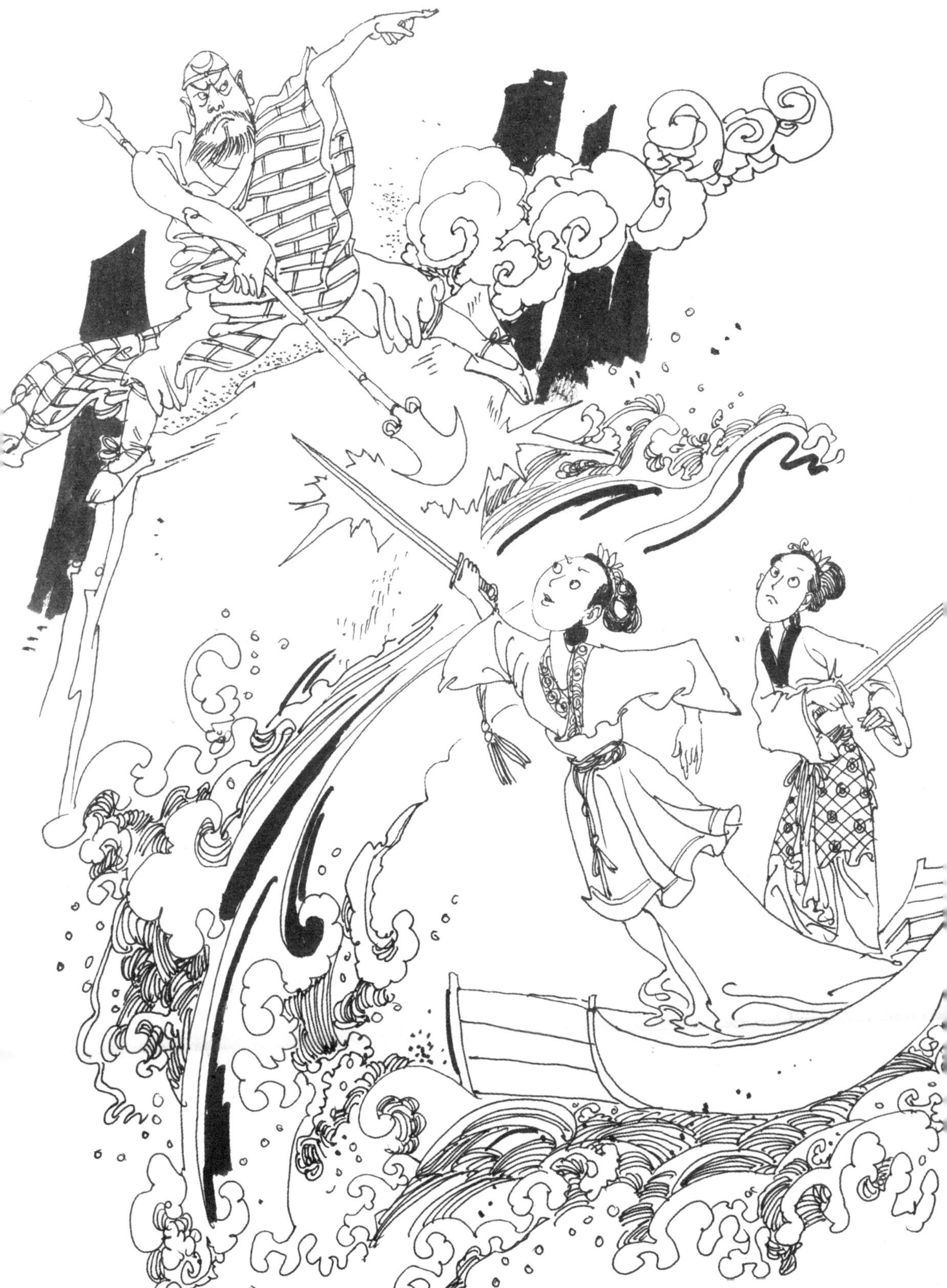

帮忙。"说完面对四方恭恭敬敬地叩了四个响头。

这时，只见天上乌云翻滚，狂风四起，白浪滔天，看着看着江水哗哗直涨；东海的水，南海的水，西海的水，北海的水，一股脑儿都往这里猛涌了。法海一看情况不妙，金山寺一下被淹了半截子。他连忙把风火袈裟披上山头，只顾他的金山寺，不顾镇江全城的黎民百姓了。

这时，有个小和尚躲在门缝里往外一张，吓慌了神：只见东边白浪滔滔的江面上，一排排扁担大的潮虾一蹦一跳，搠起来总有丈把高，吓得他舌头伸出来缩不进去；他再朝西边白浪滔滔的江面一望，一队队的圆桌大小的龟精鳖怪，尾巴一皱，头一伸都碰到金山寺门边儿了，吓得他心里"咚咚"地直敲鼓；他再向南边白浪滔滔的江面一望，一个个磨盘大的蚌壳上，站着手舞刀剑的标致美貌女子，看得他目瞪口呆；他再朝北边白浪滔滔的江面一望，一团团的螃蟹八只爪子，七手八脚，横着身子直往金山寺上爬，小和尚吓得嘴里直骂法海："这个老和尚啊，无缘无故地拆散人家夫妻，太平庵不住，偏要住心焦寺。这下好，人家找上门来了，你是身穿蓑衣来救火——引火烧自身，活该！"嘴里骂着，连滚带爬，直往后山上溜……

这时，四海的水，汇聚到一起，一浪高过一浪，如同山呼海啸，向着金山寺涌去……

> 讲述：李志中、韩世如
> 搜集整理：郭维康、康新民
> 选自《民间文学》

梁山伯与祝英台

(湖北)

传说，梁山伯和祝英台是我们这里的人，山伯的坟就埋在马家河边上，马家河就是马公子住的地方。

一、红绫压猪槽

肖川那边有个祝家庄，祝家庄有个祝员外，祝员外有个女儿，名叫祝英台。十四岁那年，祝英台想到南学读书，她嫂子眼斜斜，嘴撇撇，说："人大心大啦，丢丑卖乖呀！这一出门，只怕是肉包子打狗，能去不能回呀！"

祝英台说："嫂子，我要是清清白白回来呢？"

嫂子脸一红，知道这一句是回敬她的，就说："不见黄河不死心，我俩打赌嘛！"

嫂子拿来一丈二尺红绫子，一撕两半。英台六尺，自己六尺，二人对天作揖，祷告说："两节红绫压在猪槽底下，三年以后，谁做了龌龊事，谁的红绫就被染脏；谁不做龌龊事，谁的红绫就鲜红。"

祝英台女扮男装上学去了，嫂子在家，一天三遍喂猪，一天三遍向祝英台的红绫上泼那臭污水，一心要叫英台的红绫子早日变脏烂掉。

二、"扣子钉了两百多"

祝英台打扮成个漂亮的公子，出门上路了。在路上，她遇着了也到南学读书的梁山伯，二人结拜成弟兄。说起来，梁山伯大祝英台几岁，称为哥哥。祝英台在家里排行第九，自称九弟。从此，两个人形影不离，好得就跟一个人一样。

在学堂里，梁山伯、祝英台同铺同被褥睡一床。祝英台天天晚上睡觉总不脱衣裳。梁山伯觉得奇怪，问："九弟咋穿着衣裳过夜？"英台说："解不完扣子。"

"谁给你缝这种衣裳？钉这多扣子？"

祝英台笑笑说："我家一个巧嫂嫂，扣子钉了两百多，一解解到大天亮，一扣扣到太阳落。一脱衣裳，就没工夫读书了。"

三、英台辞学

往时候，都是私学，学堂里挂着孔夫子像。学生娃进进出出，都要给孔圣人行礼。师娘常常陪先生在学堂里玩，她是有心人，她看祝英台每次作揖跟别人不一样。男子有劲，腿是硬邦的；女子体弱，作揖时腿杆是软的。师娘疑心她是个姑娘。

这天，过端午节。学生给先生送节礼。先生答谢学生，按祖上传下的老规矩，也要留学生喝雄黄酒。师娘有意劝英台多喝几杯，英台醉了。师娘扶她上床，脱掉她的鞋子，解了她的裹脚，露出了三寸金莲。英台酒醒后，发现裹脚不是先前自己缠的样儿，吓了一大跳。

那时,男的和女的不能一同走路,更不能对面说话。祝英台呢,不但在男学堂读书,还和男学生一床同铺,万一张扬出去,哪还有脸见人!第二天,她就向先生请假,要回家看望父母。师娘心里明白,就在先生面前帮她说好话,让她早日动身。

祝英台在南学读书已经三年了,梁山伯听说九弟就要动身回家,赶忙帮她拿行李。二人高高兴兴出了学堂。梁山伯送祝英台,背着包袱走在前面,祝英台走在后面。

他二人边走边说话。路边人家的狗子看见生人,"汪汪汪"叫了起来。祝英台说:"走罢一岗又一岗,路边黄狗'汪汪汪';前面咬的男子汉,后面咬的女姣莲。"

山伯说:"兄弟发昏了。我俩都是男的,哪有女的?管它岗不岗,汪不汪,只管你早日转回乡。"

他俩走在塘边,英台又说:"上一坡,下一坡,塘里看见一群鹅。前头公鹅'嘎嘎'叫,后头母鹅叫哥哥。山伯哥,你等着我,等着九弟缠小脚。"

山伯说:"快赶路吧!管它白鹅不白鹅,小脚不小脚,只管我二人出南学。"

他俩走到一个山洼里,祝英台说:"上一个坡,下一个洼,洼里一地好庄稼。高的是苞谷,矮的是棉花,不高不低是芝麻。芝麻地里带西瓜,扯青藤,开黄花,结个瓜,碗口大,黑籽红瓤甜沙沙。有心摘个山伯尝,怕你吃到了滋味连根拔!"

梁山伯听不懂祝英台在胡念些什么,只催祝英台赶路。祝英台恨他太实诚了:"过罢一岭又一岭,岭上一座新堆的坟。新坟里头是墓神[①],

---

[①] 墓神:即棺材。

墓神里头睡死人。我的山伯哥，你比死人还死十分。"

山伯说："九弟呀，我俩这么好，你不该骂我。"

他俩到了河边，坐在沙滩上歇脚。祝英台对梁山伯说："家中有个小妹妹，长得就像我祝九弟，粉白的脸，双眼皮，个子不高也不低，山伯哥哥若要娶，早日上门来说媒。"

梁山伯说："我与九弟这样好，当然愿意和你对亲戚。等送你走了，回学堂向先生请罢假，早日上门说媒。"

祝英台听梁山伯答应到她家，心里喜欢，就说："这太好了，你快去借根竹竿来，探探河里水哪深哪浅，我好过河。"

梁山伯转身走了，祝英台赶忙解了裹脚，三步两步蹚过河去。等梁山伯借了竹竿来，她向梁山伯喊："谢谢你帮忙，望你早日到我家提亲。"

祝英台回到家里，嫂嫂一见面，又是嘴一撇、眼一斜，说："姑娘回来了。看看你的红绫子吧！"谁知挪开猪槽，英台的绫子红艳艳、鲜亮亮。她自己的呢，早已烂成黑筋筋了！

四、英台定亲

梁山伯向先生请了假，离开南学，没有回家，独自一人到祝家庄来了。他在祝英台家门口，正好遇着了她嫂子。他问："你家有个祝九弟吗？""我家只有祝九妹，没有祝九弟。"祝英台在绣楼上听见梁山伯说话，又女扮男装下楼来了。梁山伯一见祝英台，高兴地说："这不是祝九弟吗？"

嫂子在婆母面前言三道四："我说姑娘家不能出门，硬要女扮男装去上学堂。这下好了，现世现报，女婿找上门来了。"祝英台的妈不信，悄悄趴在雕花窗上一瞄，肺都气炸了，赶忙去找祝员外。祝员外说:"家丑不可外扬,等那人走了,我自有主张。"

梁山伯刚走,祝员外就喊祝英台到后堂,说:"女儿已不小了。男大当婚,女大当嫁,我已经将你许配给马秀才了。马家书香门第,有钱有势,你过去不会受罪。"祝英台说:"女儿岁数还小,应该留在父母身边,过几年再找婆家吧!"

祝员外哪会允许呀!他大发脾气:"今后再不准女扮男装下楼乱走,要吃要喝,丫鬟送上楼来。若不听话,叫你知道家法的厉害!"

第二天,马家就过礼了。马员外坐着轿子,马秀才骑着高头大马,一路吆吆喝喝走着,好不气派。祝员外一见客厅上摆的满是彩礼,高兴得没法说,当下就给马家定了接亲的日期。

梁山伯听说祝家有个女儿许配了马家,不知咋回事,第三天,便与媒人一起,也赶到祝家来了。

祝英台已经不敢下楼与山伯说话了,她只在绣楼窗口喊:"山伯哥,你为啥这晚才来提亲?爹爹已将我许配给马家了。"说着蒙脸哭了起来。梁山伯一看,和他烧香结拜的祝九弟,原来是个黄花姑娘,就是祝九妹。他这才明白了。想起三个年头同床铺不脱衣裳,他哭起来了:"九弟呀,早知你是女裙钗,我俩死在南学不回来;早知你是女裙钗,我俩死在南学不回来。"

五、英台跳坟

梁山伯回到家里,回味着祝英台在路上对他说的那些含含糊糊的影子话,恨自己太笨了,为啥就解不开那些影子话的意思?如今只能吃后悔药了。他又气又恨,又恼又怒,一下子病倒在床上。治相思病没有灵丹妙药,不几天他就死了。临断气,他交代了一句话:"我的坟要埋在马家河的大路边上，我要见祝英台最后一面。"

祝英台听说梁山伯死了，整天在绣楼上啼哭。马家迎亲的大轿到了门上，她哭得死活不上轿。爹妈都来劝她。她说："要我上轿不难，必得依我两条。"

"哪两条？"

"第一，我要给梁山伯戴孝；第二，花轿到了马家河，我要下轿拜坟。"

祝员外不敢做主，就和马秀才商量。马秀才怕祝英台硬是不嫁，要给他丢丑，就勉强答应了。

祝英台头戴白花，脚踩白鞋，穿白衣，套白裙，上了花轿。花轿抬到马家河边，在梁山伯墓前落下，祝英台下轿拜坟。头一拜，天上起乌云；第二拜，地上刮怪风；第三拜，"轰隆隆"一个炸雷，梁山伯坟墓闪开一道宽宽的裂缝，她冷不防跳进了坟墓。马秀才急忙上前去拽，只拽回一只绣鞋，眼睁睁看着祝英台进土，再不出来了。

马秀才气哭了。他咋不气呢？马家接，马家抬，马家只落得一只鞋！方圆几十里，名声难听。当下他就用手扒。他气得不吃饭，不喝水，一个劲地扒。肚子饿了，他就紧紧腰带。扒呀，紧呀，腰越紧越细，头和屁股越来越大，终于晕倒在地上，变成了蚂蚁。所以，蚂蚁的腰至今还那么细。

六、梁、祝团圆

梁山伯和祝英台一辈子未成亲，他俩死后又重新投胎，来到阳世。梁山伯姓魏，叫魏奎元；祝英台姓蓝，叫蓝玉莲。两个在蓝桥上相好。只为父母阻挡，又不能成亲，蓝玉莲脱只绣鞋放在桥边，魏奎元摘下帽子挂在桥上，一男一女又双双跳河死了。到第三代，祝英台投胎是玉堂春,梁山伯投胎是王三公子。"苏三爬堂"这天晚上,两个人才算团圆了。①

讲述:葛朝南

采录:李征康

选自《伍家沟村民间故事集》

---

① 传统戏曲《蓝桥会》中,男女主人公魏奎元、蓝玉莲相恋受阻,双双投水自尽。又另一传统戏曲《玉堂春》中明代名妓苏三(玉堂春)和书生王三公子(王金龙)相恋,历经磨难,在王科考发迹后终结良缘。故事讲述人受佛教轮回说影响,将相关男女主人公附会为"三世姻缘"。

孟姜女的传说

（北京）

孟姜女从小是一口瓜，在瓜秧上长着。

在八达岭有这么两家人家，换帮靠底地住在一块儿，墙东是孟家，墙西是姜家，多少年了，处得跟一家人一样。

这年墙东孟家种了棵瓜秧，结了一个瓜，顺着墙头爬过去了，在墙西姜家那边儿结着呢。瓜长得奇了，溜光水滑，谁看见谁夸。一来二去的，这瓜就成了挺大的个儿。赶到秋后摘瓜了，一瓜跨两院，怎么办呢？得分哪，就拿刀把这瓜切开了。

瓜一切开，嗬，金光闪亮，里边没有瓤，也没有籽儿，只坐着一个小姑娘，粗眉大眼儿，又白又胖。孟家和姜家都没有后代，一看可喜欢了，两家一商量，雇了一个奶母，就把小姑娘收养起来了。

一年小，两年大，三年长得盛不下，一晃儿，这小姑娘十多岁了。两家都有钱，就请了个先生，读书。念书得起个名啊！说："叫什么呢？"说："这是咱们两家的后代，就叫孟姜女吧。"打这儿就叫了孟姜女。

这时候,秦始皇就修边了,在这八达岭造长城,到处抓人要工。谁闹都不放,多会儿工修齐了才能让你回来呢。没白天黑夜地干,人饿死的、累死的不知多少。

范喜良是个念书的公子,他听说秦始皇修边抓人,害怕啊,吓得就跑出来了。光杆一个人儿,人地两生,跑到哪儿去呢?他抬头一看,前不着村儿,后不着店儿,又不敢远走,就犯了愁了。可愁也得走哇,又跑了一阵子,看见一个村子,村里有个花园,就进去了。

这花园是谁家的呢?是孟家的。这工夫,正赶上孟姜女跟丫鬟逛花园。孟姜女一看,葡萄架底下藏着一个人,可吓坏了,"啊呀——"喊了一声。

"怎么回事?"

孟姜女说:"不好了,有人,有人!"

丫鬟一看,可不有人,就要喊。范喜良赶忙爬出来说:

"别喊,别喊,救我一命吧,我是逃难的。"

孟姜女一看,范喜良是个青年书生,长得挺好,就跟丫鬟回去找员外去了。到员外跟前,怎么来怎么去一说,老员外挺好,说:"把他请进来吧。"就请进来了。员外说:

"你姓什么?叫什么?"

"姓范,叫范喜良。"

"你哪儿的人哪?"

"是这村北的人。"

"因为什么逃出来的?"

"因为秦始皇修边抓人,没办法,跑到这来了。"员外一看,小伙儿挺老实,说:

"好吧,你在这住下吧。"就把他留下了。

住了好些天了。孟员外想,姑娘不小了,该找个主啦,就跟老伴商量。员外说:

"我看范喜良不错,不如把他招门纳婿得了。"

老伴一听,说:"那敢情好了。"挺乐意。说:"跟姜家商量商量。"跟姜家一商量,也挺乐意。范喜良呢,更不用说,就把这门亲事定下了。

说办就办,择了个日子成亲,摆上酒席,请来各样的亲友宾朋,大吃大喝,闹了一天。

孟家有个家人,也不知叫什么七什么六儿的。这小子不是东西,看孟员外没儿子,早就惦记在心上了。他想,将来孟家招门纳婿一定是我的事。可是范喜良来了,他这算盘不就是白打了吗?猫咬尿泡一场空啊。他气得脸色煞白,一转眼珠,主意就来了。他偷着跑到县官那里送信去了。他跟县官说:

"孟员外家,窝藏民工,叫范喜良。"

县官一听窝藏民工,说:

"抓去!"

带上衙役兵就去了。

这时候天快黑了,人客也散了。孟姜女和范喜良正准备入洞房呢,就听鸡叫狗咬。不一会儿,进来一伙衙役兵,没容分说,三拉两扯,就把范喜良给抓走了。

孟姜女一看,丈夫抓走了,大哭小号,闹了一阵,也没办法。跟她爹妈哭一阵,可也不行啊,就发起愁来。过了几天,孟姜女跟她爹妈说:

"我要去找范喜良。"

她爹妈一想,去吧,就给拿出银子,叫家人跟着,一块儿送她一程。

这个家人不是东西呀,走到半路上,就不说人话了,想调戏孟姜女。他说:

"范喜良一去是准死无活,你看我怎么样?跟着我过吧!"

孟姜女就知道他要使坏,说:

"好吧。好可是好,咱们俩成亲,也得找个媒人哪!"

家人一想,这可上哪儿找媒人去?孟姜女说:

"这样吧,你看那山沟里有朵花,你把它拔来,咱俩以花为媒吧。"

这个家人心想,孟姜女真是一片诚心哪,就去拔。走到沟边一看,犯了愁了。那山沟这么深,怎么下去呀?孟姜女说:

"你要是男子汉,有胆量,这好办,把行李绳子解下来,我拉着,你往下爬,不就行了吗?"

这家人就解下绳子,孟姜女拉着一头,这小子拉着一头,心惊胆战地爬下去。他抓住绳子,手刚离地,孟姜女一掀腿,一撒手,"咕咚!""妈呀!"把这小子活活给摔到石崖下面去了,摔个脑浆迸裂。

剩下一个人了,孟姜女收拾收拾,奔修边的工地去了。到这儿寻了好几天也没寻着。后来碰上一帮民工一问,说:"你们这儿有个范喜良吗?"大伙说:"有这么个人,新来的。"孟姜女说:"他在哪呢?"一个人说:"这几天没看着他,说不定死了。"孟姜女一听可吓了一跳,赶忙问:

"尸首在哪儿?"

那人说:"咳,谁管尸首啊?早填了城脚了!"

孟姜女一阵心酸,就大哭起来,哭得天昏地暗。正哭着,只听"哗啦"一声,一段长城倒了,露出来范喜良的尸首。孟姜女抱着尸首,哭得死去活来。正哭着,来了一帮衙役兵,不容分说,上去就把她绑起来,送给县官。县官一看孟姜女长得好看,为攀高枝就把她送给秦始皇了。

秦始皇赏了县官金银财宝,给他升了官,就霸了孟姜女。可是孟姜女怎么能服从呢?死也不从。没办法,秦始皇找几个老婆子去劝,劝也不从。再劝,还是不从。

日久天长啦,老这样下去也不行啊。孟姜女想了一个主意,说:"从了。"看护人一听从了,就报给秦始皇。秦始皇的心里蛮高兴,就来见孟姜女。孟姜女说:

"从可是从,你得应我三件大事。"

秦始皇一想,"只要你从,别说三件,三十件也依你。"

孟姜女说:

"头一件,请高僧高道,高搭彩棚,给我丈夫念七七四十九天经,超度他的亡魂。"

秦始皇为了得到孟姜女,寻思寻思说:

"行,应你这一件。"

孟姜女说:

"第二件,你要穿上孝服,在灵头跪下,叫三声爹。"

秦始皇这回可犹豫了,我是人王帝主,怎么能干这个。说:

"这条不行,再说第三件。"

孟姜女说:

"不行,就没有第三件!"

秦始皇没了主意。再劝吧,不行,想了半天,还是没办法。他看看孟姜女,越看越美,真是魂都要出窍了。这块肥肉到了嘴边还能放过吗?说:

"行,我答应第二件,说第三件吧。"

孟姜女说：

"第三件，你要跟我游三天海，三天以后，才能成亲。"秦始皇想，这一件很容易。

"成了，三件都依你。"

秦始皇就吩咐请高僧高道，大搭彩棚，准备孝服。都准备齐了，秦始皇披麻戴孝，真当了孝子。

赶到都发丧完了，该游海了。孟姜女跟秦始皇说："咱们游海去吧，游完好成亲。"秦始皇可真乐坏了，叫人抬上两顶花彩轿，跟孟姜女就来到了海沿。孟姜女下了轿，走了几步，推开秦始皇，"扑通"一声投了海了。

秦始皇一看，可急了："来人！来人！"话没开口，人早沉底了。秦始皇没办法，就拿起赶山鞭，往海里赶石头，想把孟姜女砸死在海底。

可是他这一赶不要紧哪，海龙王受不了啦。要是石头都跑到海里，那龙宫不就完了吗？他犯了愁了。

龙王有个公主，非常聪明，她跟老龙王说：

"不要紧，我去偷他的赶山鞭。"

"你怎么偷呢？"

"我变个孟姜女，出去跟他成亲，就偷来了。"

龙王一听，这办法不错，说："去吧。"龙王公主就变成孟姜女出了海了。

一出海，秦始皇还在那儿赶呢！龙王公主说：

"你看你，我说游海三天，现在还不到两天，你就填起海来了，幸亏没砸着。"

秦始皇一看，孟姜女回来了，乐了，收起赶山鞭说："我寻思你不回来了呢。"就跟龙王公主回去了。

龙王公主跟他配了一百天夫妻,把赶山鞭给盗走了。

从此以后,秦始皇再也没有办法了。

搜集整理:张紫晨

选自《民间文学》

秃尾巴老李

（黑龙江）

黑龙江，早先不叫黑龙江。黑龙江是从秃尾巴老李住到那里之后才叫的黑龙江。原先，黑龙江里住的不是黑龙，是一条白龙。这条白龙是条恶龙，老是发水、伤人。

秃尾巴老李生在山东，是原山东掖县的人。生他的这一天，从早上起来，天就阴沉沉的，风也没个准方向，一会儿东风，一会儿西风，一会儿南风，一会儿北风。大风乱刮一阵，接着就哗哗地下起麻杆子雨来了，麻杆子雨直下得对面不见人。就在这时候，秃尾巴老李生下来了。

秃尾巴老李生下来，去吃他妈的奶。他一去吃奶他妈就得昏一回，一去吃奶他妈就得昏一回。他爹从地里回来，本来就愁着日子没法过，这会儿又生下个孩子，心想这可怎么得了。一看生的是这么个黑怪物，一气，上去就给了他一锹。一锹把他的尾巴砍去了一截，所以他就成了秃尾巴了。他妈姓李，他随妈姓，所以他就成了秃尾巴老李了。他挨了一锹，疼极了，他一挣扎，就冲破了屋顶，霹雳一声，打了个炸雷，一路火星，直奔东北，落到了黑龙江。

秃尾巴老李是山东人，他可向着山东人哩。你没听说过吗？在黑龙江里行船，必须先问问："咱们船上有山东人吗？"船上不管有无山东人，只要说一声："有山东人!"行船便可平安无事了。有的老船家，在临开船的时候，都得用山东话说一声："开船啦!"只要这么招呼一声，这多少年来，黑龙江里没有糟践过一条船。这是秃尾巴老李住的河，他是山东人，他向着山东人，秃尾巴老李在山东人缘可好哩。

秃尾巴老李每年都要回山东看看，回来给他妈上上坟。他妈是五月十三那天死的。秃尾巴老李每年五月十三回来。他回来这天一定要下雨。胶东人有句俗话："大旱三年，忘不了五月十三。"这一天就是有挺好的太阳，一般人也不晒衣服，就是因为秃尾巴老李要回来上坟。常常的，秃尾巴老李还给老乡们捎点黑龙江的土产来哪，风里雨里的，说不定就刮下点什么新鲜东西来……

秃尾巴老李可不是轻轻易易就住到黑龙江里的。

那时候，黑龙江两岸是大块的生荒，因为老发水，也没个什么人烟。那儿住着个开荒的老头儿。一天，老头那儿来了个年轻的小伙，长得黑黢黢的。小伙想要借宿，老头就留他住下了。住了一宿，第二天，小伙和老头说："老大爷，你看我也没个家，也没个去处，你看我就住在你这儿，行不行啊？"老头一听，说："那还不行吗？你要吃饭咱们有的是，你要住就住吧。你愿意干活就干点，不愿干你就不干。"说好了，这小伙就住下了。开头的时候，他有时帮老头收拾点柴火，有时干点零活。后来老头下地，他在家给老头做饭。就这样过了些日子，两个人处得挺好。

这天晌午，老头从地里回来显着挺累。小伙就问他："怎么样，你这荒开了多少哇？"老头说："开得不多，这荒太不好开，树根子难起!"小伙说："这么办吧，我这些天在家里待得也怪腻的，今天你在家里做饭，下响我去替你开荒。"老头说："也行吧。"这天下午老头在家做饭，小伙就去开荒了。老头吃过午饭睡了一大觉，一睡睡到大后响午。老头寻思去看看小伙干得怎么样，就到开荒那地方去了。呵，离着多远，老头就听见风呜呜地响，大树喀嚓咔嚓地往下倒，尘土和石头块子飞起多高。哈！老头一看可了不得了：哪里是人在干活啊，原来是一条黑龙。他用他的半截尾巴一卷，把一搂多粗的大树一拔就拔出来了，就跟拔一棵小高粱似的，那树堆堆了多高啊。老头一看，这可近前去不得，走到跟前去，还不得叫石头土块打死呀！这老头就回来了。

晚上，小伙回来了，两个人坐下来吃晚饭。老头说："干得怎么样？"小伙说："差不离了。这些天我有些待腻了，今天干得猛点。"老头说："猛也没有你那种猛法啊，你今个可太猛了！"小伙说："怎么，你去看来的？"老头说："可不是，我今下响寻思去看看你，到那离远一看——我也没往跟前去呀，我怕叫石头和土块打死。"小伙一听，笑了，说："大爷，既然你看见了，我就不用瞒你了。我看你这人也挺好，咱俩就做个朋友吧。"老头说："做个朋友就做个朋友吧。"小伙跟老头说："大爷，我跟你说实话，我是想在这儿住下来呀。"老头说："你愿意住就住吧，我这儿尽管你待就是。"小伙说："不是，大爷，我是想住在这江里呀。"老头说："你想住在江里就住呗，那更没人管啦。"小伙摇摇头说："不啊，大爷，人家这原来有人住着，我要想住下，非跟他打一仗不行。"老头说："那你就跟他干一仗吧。"小伙说："不行啊，我打不过他呀。"老头说："那可怎么办呢？"小伙说："大爷，你得帮我忙啊。"老头说："我可怎么帮你忙呢？我又不会水。"小伙说："不要你下水。我在江里跟他打，他在这里有家，打饿了回去热汤热饭地吃个饱；我呢，打饿了只能喝两口江水，那怎么打得过他？你帮我个忙，你只要预备一些馒头和石头，堆在岸上。等我们到那天干起来时，江里冒黑沫子，我在江里伸出黑手，你就扔馒头；江里冒白沫子，他在江里伸出白手来，你就扔石头。这样你就帮了我的忙了。"老头一听，说："那还不行吗？你尽管干吧，这事我包了。"这么说了，小伙就告诉了老头要预备多少多少馒头，要预备多少多少石头，摆在江岸上什么地方，每一堆相离多远多远。这么说妥了，老头就开始捡石头、蒸馒头了。小伙也天天出去准备。过了些时日，就都准备好了。

到了这天，这小伙就下江了。这小伙就是秃尾巴老李啊。你看看这江水可就翻花了。这江水一个一个浪头，跟一层一层屋脊似的，一会儿上来，一会儿下去，撞得两岸都晃悠悠地直活动。你看看他们俩可就干起来了。老头呢，按着小伙的吩咐，他在岸上，江里哪里翻花，他就跑到哪里。不一会儿，江里冒黑沫，伸出黑手来了，老头一看抓起馒头就往下扔。一会儿，江里冒白沫，伸出白手来了，老头一看抓起石头就往下扔。就这么的，江里伸黑手，老头就扔馒头；江里伸白手，老头就扔石头。就这么的，他俩从早晨一直干到晚上，秃尾巴老李才把白龙干败了。

从这往后，秃尾巴老李在黑龙江住下来了，黑龙江的水才黑了，黑龙江才叫黑龙江……

这秃尾巴老李可好啦！"九一八"事变的时候，他还抗过日呢。"九一八"时有两个团的抗日义勇军跑不出去了，在江上坐着木船，眼看着就被日本鬼子的炮船追上了。这时候，忽然来了一条小船，船上站着一个黑胡须的黑老头。黑老头说："别怕，不要紧，你们跟我来。"说着他就跳上了义勇军的船，说："开船！"他这一说"开船"，手这么一摆，这雾可就刷的下来了。满江大雾，什么也看不见。可是黑老头在上面的义勇军的船却箭射似的直往前飞。就这样，这两团人才逃出日鬼子的手。等天晴雾散时一看，黑胡子老头不见了，只见船帮上写着两个大字：

老李

讲述：李均

搜集整理：刘雅文

选自贾芝、孙剑冰编《中国民间故事选》

打虎匠招徒

（贵州·苗族）

那时候，山里的老虎很多，时常出来伤人和咬牲口。因此，就出了些舍身跟老虎斗的打虎匠。

有个打虎匠年老力衰了，就想把自己打虎的本领传给下一代，好让子子孙孙继续跟老虎斗。打虎匠四处放信，要招徒传艺。

一天，来了个年轻人，头戴羊毛斗笠，脚踏线耳草鞋，身穿一套漂亮的衣服。一见打虎匠就说："老师傅，你招我为徒吧！"打虎匠上下打量了年轻人一番，问道："你为什么要来学徒？"年轻人回答："山里年轻美貌的姑娘，都想嫁给打虎匠。因此，我想做个出色的年轻打虎匠。"打虎匠笑了笑说："好，暂时收下你。今天休息，明天就教你学打虎。"

第二天清早，年轻人就跑去对打虎匠说："老师傅，快教我打虎吧，青春一刻值千金呀。"打虎匠又笑了笑说："马上就教你。"

打虎匠把那年轻人引到一个大屋里，亲自量了三石三斗三升三碗小米交给那年轻人说："孩子，你把这些小米一颗颗数清后，就学得打虎的本领了。"说完，就走了。

那年轻人暗暗埋怨："我是来学打虎手艺的，怎么叫我数起小米来了？"想了好大半天，不知道打虎匠是什么用意。走吧？又想学打虎手艺。年轻人左思右想，不得已坐下来数小米。他数呀数，数了3天，一碗小米还没数得一半。他又想，等数完这些小米，我也老了，美貌姑娘怕也不肯嫁给我了。到了第四天，他更数得不耐烦，也没跟师傅说一声，就悄悄溜走了。

打虎匠仍然继续放信，要招徒传艺。

一天，又来了个年轻人，头戴白草帽，脚穿新布鞋，身穿一套漂亮的长衣套马褂，肩搭一个新褡裢。一见打虎匠就说："老师傅，收我为徒吧！我想做一个出色的年轻打虎匠。"老师傅笑了笑问："你为什么要做个打虎匠呢？"年轻人说："虎骨可以做药酒，价钱昂贵，只要打得一只老虎，卖虎骨就能挣很多钱。这样，只要把打虎手艺学到手，一辈子就吃不完，用不了。"打虎匠听了，笑了笑说："打虎可不是闹着玩的，搞得不好，要被老虎吃掉呢。"年轻人说："师高弟子强，你教出的徒弟不会被老虎吃掉呢。"打虎匠严肃地说："我祖父打虎被老虎吃掉了，我父亲同样被老虎吃掉了。你晓得不？"年轻人说："别说那么多了，快收下我吧！"打虎匠笑了笑说："暂时收下。今天休息，明天教你学打虎吧。"

第二天清早，年轻人就跑来对打虎匠说："老师傅，教我打虎手艺吧！"

打虎匠把年轻人引到一座高山悬崖绝壁上，对年轻人说："你站在这里，我到绝壁下，叫你怎么做就怎么做，你就学得打虎的本领了。"老虎匠走到壁下，高声喊道："你大胆跳下来，我在底下接住你！"年轻人往绝壁下一看，绝壁千丈，山谷幽深，不由浑身哆嗦，迟迟不敢往下跳。他想，万一打虎匠接不住我，我不就粉身碎骨了。打虎匠催促说："跳呀！快跳！"年轻人不但不敢跳，反而倒退了三步。打虎匠第三次催他快跳时，他已溜之大吉了。

老虎匠仍然继续放信招徒传艺。

一天，又来了一个年轻人，身穿一套土布衣，脚穿一双水草鞋，头戴一顶棕斗笠，身捆一根大布带。一进屋就对打虎匠说："老师傅，你收我为徒，我愿继承你的事业，为民除害。"打虎匠把年轻人上下打量一下，就严肃地说："好！我收你为徒。今天休息，明天教你学打虎。"

第二天清早，年轻人就跑来对打虎匠说："老师傅，今天我做什么？"打虎匠回答说："跟我来，有事给你做。"打虎匠把年轻人领到一间大屋里，亲自量出三石三斗三升三碗小米来，就对年轻人说："你把这些小米一颗颗数清，我就教你学打虎的手艺。"年轻人回答说："老师傅，你放心，我一定能把这些小米数清。"年轻人找来一个小杯子，平平地装一杯小米，不多久就把那杯小米数完了，他又将碗里的小米倒进小杯子里，看一碗有几杯；又把升里的倒进碗里，看一升有几碗。如此类推，没费多少工夫，就把三石三斗三升三碗小米的颗数算出来了。打虎匠连连点头称赞："有头脑！聪明！"

第三天，打虎匠把年轻人引到那座高山的悬崖绝壁上，对年轻人说："你站在这里，我到绝壁下，叫你怎么做你就怎么做。这样，你就会学得打虎手艺。"打虎匠走到绝壁下，大声喊道："你跳下来，我接住你！"年轻人往绝壁下一看，见师傅在看他。他眉毛不皱心不慌，自言自语说："怕死不来学打虎手艺，既来学打虎手艺就不怕死。"说完，呼一声跳下去了。打虎匠把手一伸，轻轻地把年轻人接住，连连称赞说："你胆大如斗，心细如米，一定会学好打虎本领的。"

从此，打虎匠天天教他打虎手艺。

一天，打虎匠拿出一套醋浆衣，一把崭新的铁伞，交给年轻人说："今天出师了。穿上醋浆衣，拿好铁伞，从小路回去，到了山坳上要多注意，那里有虎！"年轻人依依不舍地离别了打虎匠。

一上山坳，刷的一下跳出一只扁担花老虎。年轻人心不慌手不抖，按打虎匠的传授，运足气，等着老虎扑来。老虎一口把年轻人的衣裳咬住，拖着就跑。过了一个山，老虎的锐利牙齿被醋浆衣浸麻木了，打虎匠跟在后面喊："老虎快换牙了，注意把铁伞伸进老虎的喉咙去！"年轻人按打虎匠的吩咐，不慌不忙地把铁伞伸进了老虎的喉咙头，咔嚓一声，铁伞伸开，顶住了老虎的牙齿。这一下，老虎就威风扫地，乖乖地被年轻人拖着走了。打虎匠跑来拍拍年轻人的肩膀说："有你这样的徒弟，我放心了。"

讲述：龙盅卯

整理：龙炳文

选自贵州《南风》

斗鼠记

（湖北）

春秋战国时期，十堰市属麇国。一天，王公说了一句"老人无用"，结果就定下一条法规：凡是满了六十花甲之年的人，要一律送进"自死窑"里，让他们活活饿死、冻死。

有一年，外国的黄毛子发来战表，要和麇国斗鼠，斗不赢就得向黄毛子月月朝拜，年年进贡。若不答应，就发兵来攻打。

王公没有别的办法，只好答应下来，随后下了一道圣旨："选鼠迎斗，赢者重赏。"又有些不放心，就回表外国："斗鼠可以，但要斗三次，以最后一次胜败算数。"

送鼠的百姓不计其数，王公亲自选了一只又肥又大的老鼠，准备迎斗。谁知黄毛子弄来的不是普通的老鼠，那怪物鼠头豹身羊子腿，足有黄牛大。麇国放的鼠不到两斤重，一上阵就被踩得粉身碎骨了。黄毛子哈哈大笑，说："我们这鼠叫犀鼠子。下次，你们放什么动物来斗都行。"

第二次，麇国放出一只猛虎上阵。那犀鼠子更凶，三下五除二就斗败了猛虎。麋国连败两阵，王公无计可施，只有再贴皇榜："有斗败犀鼠子的，愿让半壁江山。"

有个叫杨三的小伙子，父亲上了年纪，被送进"自死窑"。他每天偷偷给老父亲送饭，不忍心让父亲活活饿死。这天见到皇榜，一口气跑到父亲那里，一五一十地把事情告诉了老人。老人说："我是等死的人，懒得管！"

杨三说："您老了，我还年轻，如今国难当头，怎么能不管哩！"

老人一想，娃子的话不错，就说："我听老辈子说过，犀鼠子再大也是鼠性，非猫子不能降它。只要找到一只十三斤重的大猫子，就能斗赢它。"

杨三一心去谋大猫子。好歹找到十只，可最大的才有十二斤九两。杨三又去问父亲。老人说："有十三斤重的鼠，难找十二斤重的猫。你爷爷还告诉过我一个法子，就是把这些猫关在一个大笼笼里，不喂食。猫子饿急了，就会你咬我，我啃你，啃剩下最后的一只，就是好样的。你就好好喂养那些猫，斗鼠前三天停食。"杨三就照老人说的做，去揭了皇榜，到京城参加斗鼠。

第三次斗鼠开始了。黄毛子傲气十足，大喊："谁敢来斗？不斗算败！"

这时，杨三大喝一声："我来斗！"从人群里跳到场子当中。黄毛子看他背个大布袋，土里土气，按捺不住歪脖大笑。杨三抖开布袋，只见一只凶狠的雄猫冲了出来，"喵喵"叫声不绝。说来也怪，犀鼠子见了这只猫，竟吓得连连后退。猫叫一声，犀鼠子的身子就缩小一截；猫连声直叫，犀鼠子缩成了尺把长。雄猫猛扑上去，一口咬死了犀鼠子。黄毛子威风扫地，夹着尾巴逃走了。

王公召见杨三，要给他半壁江山。杨三摇摇头。王公说："那就给你金银财宝。"杨三又摇摇头,说:"我什么都不要,只要救我父亲!这斗败犀鼠子的法子是我父亲教的。"

王公问:"你父亲在哪里?"

杨三说:"我父亲在'自死窑',是我天天偷着送饭才没饿死。"

王公说:"幸好这老人没饿死,才保住了天下。老人真是个宝!"向满朝官员下了一道圣旨:"老人有用,从今废除'自死窑'。"

讲述:全廷秀

采录:一楠

选自《中国民间故事集成·湖北卷》

十二生肖的来历

（山东）

玉皇大帝这天正上朝，外头来了老虎、凤凰和龙，"扑通"跪倒说："玉皇大帝，俺有冤枉！""什么冤枉？你三个，一个是山中王，一个是水中王，一个是百鸟王，又争地盘了吧？""不是的！下边的人光要伤害俺，俺想叫你管管他！"玉皇大帝说："好吧。你们各人回去通知你那伙，明天一早在南天门等着，到五更天，我喊进来就进来。谁先跑到我的龙案前，我就选谁，总共选十个，作为人的生肖属相。往后人想到自己的属相，就不会伤害你们了。别的我不管，谁跑得快就选谁，你有喊落下的也甭怪我。这么样好吧？""好。""行吧？""行！""要行你们就走，各人通知你那伙去吧！"它们三个就回去了。

老虎回来吆吆喝喝喊它那一伙。喊了一遍，就落下谁呢？就落下了老鼠，因在地下打洞没听着。老鼠打完洞出来，一见猫正在洗脸，就说："哟，猫姐姐洗脸上哪儿去？走亲戚还是串门子？""我也不走亲戚，我也不串门子，明天有大喜事，你还不知道？""什么大喜事？"猫把怎去怎来朝老鼠说了一遍。老鼠可喜极了，说："我也去，咱一块去!"猫说:"咱一块去你可得那个——我好睡懒觉,我要睡着了,你可甭把我忘了,甭漏下我!"老鼠说:"你看看,你把这样的事都朝我说了,我哪能忘了你,我能不要良心吗?你放心吧,大胆地睡,到时我保证叫你!"猫一听就睡觉了。三更天小老鼠就出来了,老鼠心里话:"我叫你?你这个溜练劲,跑得又快,好事哪里还轮得到我?"老鼠就走了。

老鼠一来到南天门,见飞鸟走兽都到齐了,就它来得晚。你看哟,喊嚓胡闹,你拥我挤的。玉皇大帝在里头喊呼:"你们喊嚓胡闹做什么?到五更天才喊你们!""咯噔"一下子,鸦雀无声,都瞪着眼,竖着个耳朵听。

玉皇大帝看着快到五更天了,就说:"太白金星,找块砚研黑墨,拿张纸来,我说一个你写上一个。"太白金星把墨研得好好的,毛笔举得高高的,又拿张纸铺好,就等着上名了。到了五更天,玉皇大帝说:"你们都来吧!"喊了这一声,可了不得了:就看着你拽它的头撸过去,它抓它的尾巴撸过去,它揪它的毛撸过去……拧成一个绳子蛋。老鼠蹲旁边一想:"数我力气小,挤不进去,我看从它们腿裆里钻进去吧!"老鼠从腿裆里"吐噜"一下钻进去了。玉皇大帝说:"老鼠来了。"太白金星就上了个老鼠。

牛呢,看着老鼠进去了,"凭它那么点,它都钻进去了,你看我这膀子力气还没进去!"牛气得眼瞪着,"哞哞"地喘粗气,这边豁一角,那边豁一角,"哞"的一下子进去了。玉皇大帝说:"进来头牛!"太白金星又上了牛。

老虎一看,"它们都进去了,我还没进去呢,我这膀子力气也不比牛差!"老虎想想,忙一纵,从人家头顶上蹿过去了。玉皇大帝说:"来只虎!"这就上了虎。

小兔又听着,"娘吧,我这身量,要凭挤,我能挤过谁?我得像老鼠一样,从人家腿裆底下钻。"小兔想想,"吐噜"一下钻过去了。玉皇大帝说:"来了只小兔。"太白金星又上了兔。

龙一看,"无能的都进去了,哪一个也比不上我,我摇头摆尾能腾空。"龙一腾空就过去了。玉皇大帝说:"龙!"太白金星又上了龙。

小长虫呢,心里猜析着:"我忒小能挤过谁?你看我跟一条线一样,从腿缝里钻过去吧!"小长虫就从腿缝里钻进去了。玉皇大帝说:"蛇!"太白金星上了蛇。

马一看,"过去的不少了,我再不使劲挤,就怕过不去了!"马一扬蹄子,"腾"的一下过去了。玉皇大帝说:"马来了!"太白金星又上了一匹马。

羊心里猜析着:"就我还没进去,我头上有角,身量可小。我不妨上边用角抵,下边钻缝子。"羊连抵带钻也进去了,玉皇大帝叫太白金星把羊也上上了。

小猴看人家都钻过去了,就扒着这个头皮,揪着那个耳朵,从人家头顶爬过去了。玉皇大帝说:"猴。"太白金星又上了猴。

小鸡一看都过去了,"一会够了数字就不要了,我怎么也得想办法过去呀?"小鸡一扇翅子呢,也飞过去了。玉皇大帝说:"飞来了鸡!"太白金星忙上了鸡。

玉皇大帝一看够了,就说:"够啦!够啦!"太白金星听错了,当他说的是"狗哇狗哇",就又上了狗。

玉皇大帝说:"足啦!足啦!"太白金星又听成猪呀猪呀,他又上了猪。玉皇大帝一转脸,一把把他的纸夺过来:"你看我说够了你还上!"一数上了十二,"十二就十二吧!"就打那时起,人间有了十二生肖了。

小老鼠考了个头名，很高兴地回到家，一看小猫正洗脸。猫说："咱还不该走吗？""人家都考完了，还走！""那你怎没喊我呢？""我要喊你，头名还到得了我手吗？"猫听了越想越有气，越猜析越有气，"啊喔"一口，把老鼠吃了。自打那时起，猫就跟老鼠记下仇，见了老鼠就吃。

讲述：王玉兰

搜集整理：王成君

选自山东《四老人故事集》

盘瓠王

(广西·瑶族)

古时候,有个皇帝,叫评王。评王没有王子,只有三个公主,个个长得像花朵,十分美丽。皇宫里养有一只身披二十四道斑纹的龙犬,名叫盘瓠,像个雄赳赳的卫士,日夜巡逻,警卫着评王和宫殿。评王像疼爱儿女一样爱护它,不论升殿还是出游,都带它在身边。

有一年,番王兴师动兵,向评王的国土扑来。评王叫大臣张贴告示,许了这样的愿:谁若灭了番王,重重有赏——金银财宝任他要,三个公主任他选。

一天,龙犬口衔告示奔上殿来。评王看见,又惊又喜,问道:"这张告示是招募能人来除掉番王的,你为什么衔来?"龙犬摇了三下尾巴。评王又问:"朝中文官武将不敢应诏,难道你有本事消灭番王?"龙犬点了三下头。评王选择吉日举行国宴,召集王后、公主和大臣们为龙犬送行。

龙犬飞跑到海边,跳下海去,游了七天七夜才登上番王国土,直奔番王宫殿。番王一见,原来是评王豢养的爱犬,心里有几分怀疑,问道:"龙犬,今天为什么离开评王身边?"龙犬摇了三下尾巴。番王又问:"树倒猢狲散,你早早离开评王,是不是你看出他的国家快完蛋?"龙犬点了三下头。番王见龙犬点头,心中大喜,便把龙犬收养,举行国宴欢迎它。

宴席上,龙犬和番王并排坐在一起。番王刚举杯要祝酒,龙犬突然站起,想一口咬断番王的头颈。不料,番王转过身来。龙犬感到不妙,赶快与番王碰杯,叮的一声响。番王起立说:"为龙犬舍生忘死来我国干杯!"大臣们纷纷来和龙犬碰杯对饮。

当天夜里,龙犬躺在床上左思右想,究竟怎样除掉番王呢?这天它多喝了几杯,酒劲发作,渐渐有几分醉意,蒙蒙眬眬地即将进入梦乡。哎,不能睡!龙犬又睁开眼睛。它想到番王必定酩酊大醉,正是下手的好时机,赶紧跑到番王卧室。果然不错,番王鼾声如雷,睡意正酣。龙犬扑上去想咬他的胸脯。不料,一个披甲佩剑的卫士过来警告:"龙犬,不得打扰国王休息,有事明天再办吧!"龙犬舔一下番王的手背,表示亲热的样子,就退出去了。

第二天清早,番王起身,洗漱后进厕所,龙犬跟随。番王说:"这里臭,你到外面等一会儿吧!"龙犬摇头摆尾,像个撒娇的小孩不愿离开爸爸那样,依偎在番王身边,番王抚摸它那光滑柔软的斑毛。龙犬趁着四下无人,猛然咬下番王的睾丸,番王未能叫出声来,就昏倒在地。龙犬赶紧将番王的头颈咬断,衔着血淋淋的头颅,冲出王宫,渡海回国。

龙犬夺得番王头颅,为国立了大功,评王非常高兴,设宴庆贺,犒赏它大批金银珠宝。可是龙犬对这些金银珠宝看都不看一眼,连连摇尾巴。王后提醒评王:"你曾经出告示许了愿,三个公主任它选。看来龙犬想当驸马啊。"评王后悔地说:"公主怎能嫁给狗呢?"大公主凑过来

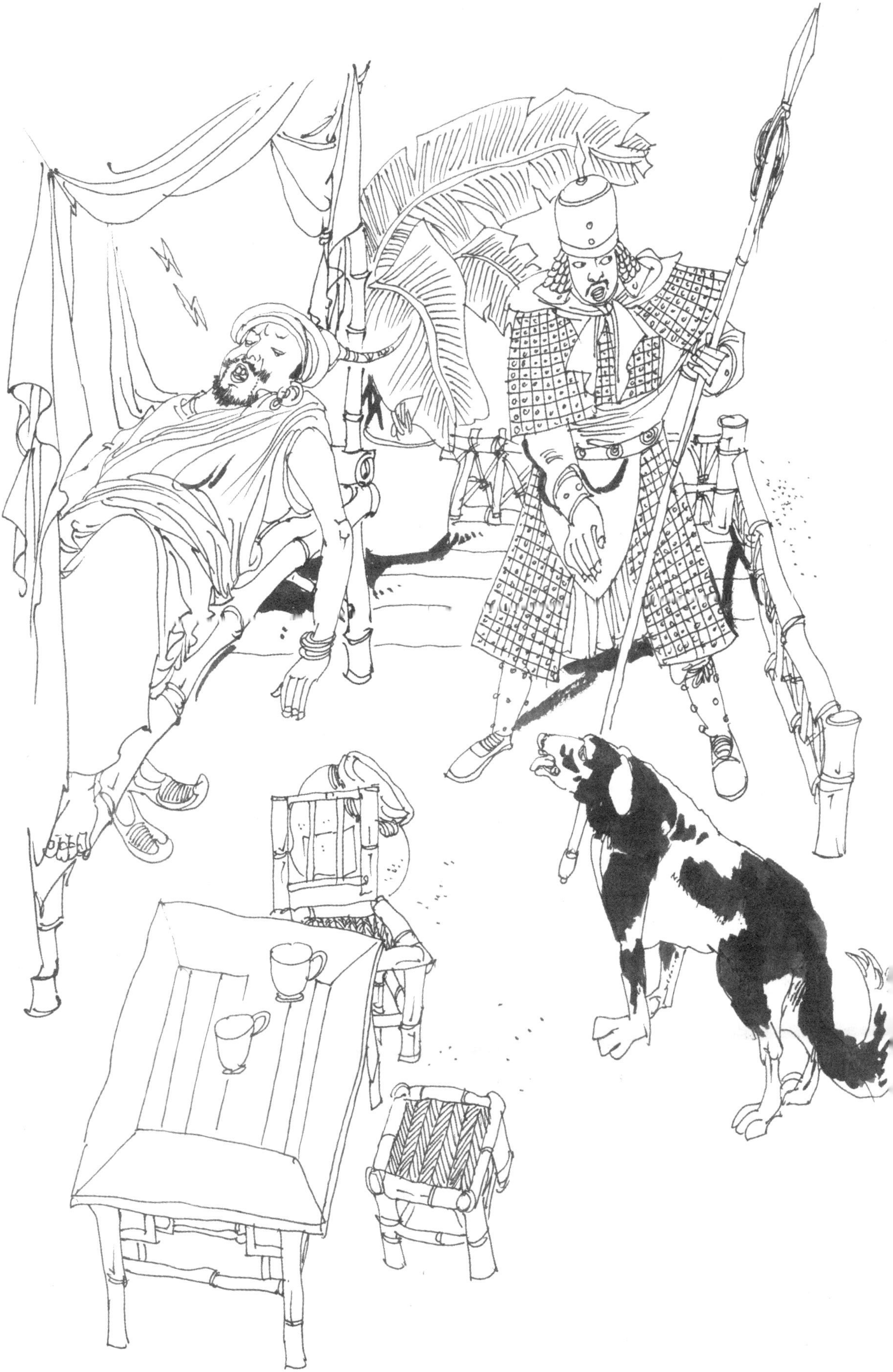

说："是呀，人狗相配，荒唐透顶，我不愿意。"二公主也附和："我更不愿意，若是父王将女儿嫁给狗，世代受人耻笑。"三公主劝说评王："父王已经许过愿，如果反悔，必将失信于天下，以后再遭国难，谁还肯出力。"评王反复思忖，同意招龙犬为驸马。当场叫三个公主依次走到龙犬面前，任它挑选。

大公主两眼朝天，走到龙犬面前，鼻子哼了一声。龙犬不理睬她。

二公主两眼朝地，走到龙犬面前吐口水。龙犬也不理睬她。

三公主两眼含情走到龙犬面前。龙犬又蹦又跳，围着她转几圈。评王只好为他们举办婚礼。

三公主和龙犬结婚后，两个姐姐暗笑。但是，三公主却满脸喜色，丝毫没有后悔的神态。评王和王后觉得奇怪。三公主告诉父母，龙犬白天是条狗，晚上却是个美男子，它身上的斑毛是件灿烂的龙袍。父母听后，压在心上的石头才算落了地。王后对三公主说："叫驸马白天也变成人，岂不更好？"三公主说："如果它白天变成人，身穿龙袍就要当王，岂不是和父王争王位了么？"评王说："如果它变得成人，封它到南京十宝殿做王。"

三公主将父王的意见告诉龙犬。龙犬说："你将我放在蒸笼里蒸七天七夜，我便可脱掉全身的毛变成完人。"公主照办了。蒸到六天六夜，公主担心蒸死丈夫，揭开盖子看看，龙犬果然变成了人。只是头部和脚胫仍有狗毛。因蒸的时间不足，再蒸也无效了，龙犬只好把有毛的头部和脚胫，用布缠裹起来。至今，瑶族男女仍然缠着头布，裹着脚套。

龙犬变成人后，评王封他为南京十宝殿盘瓠王，俗称狗王。瑶家不吃狗肉，正是由于孝敬祖先的缘故。

盘瓠王和三公主在南京十宝殿生下六男六女，日子过得比蜜糖还甜。盘瓠王为了不让儿女成为四体不勤、五谷不分的王子、公主，便要他们学打猎、学耕织，练得谋生本领。评王和王后闻讯，心情宽慰，差人送去大批金银、粮食，供女儿、女婿和外孙们享用；还颁给榜牒一卷，赐盘瓠儿女为瑶家十二姓：盘、沈、包、黄、李、邓、周、赵、胡、雷、冯、唐；又下令各地官吏：凡盘瓠子孙所居的山地，任其开垦种植，一切粮赋差役全免。这就是瑶家世代传抄珍藏的传家宝——《过山榜》。

一天，盘瓠王领着儿子们上山打猎，遇见一群山羊。六个儿子武艺高强，立刻拉弓搭箭，嗖嗖地连射出去；箭无虚发，几只山羊应声倒下，余下的拼命逃生。盘瓠王和儿子们起劲地追赶。一只雄山羊中箭负伤，疯狂地乱蹦乱窜。盘瓠王正攀越险要的鹰嘴崖，山羊冲到，用犄角将他撬翻，盘瓠王摔在半崖的一棵德芎树上丧了命。山羊也跌崖死了。

日落西山，儿子们提着猎物转回程，不见父亲回来，便四处寻找。听到树上鸟叫，抬头观看，发觉那德芎树上挂着父亲的尸体。儿子们攀崖砍倒大树，把父亲抬回家里。

三公主哭成个泪人。儿子们都来劝说母亲道："今日打猎，只顾前面追赶，不注意后面防卫。父亲丧命，孩儿有罪。还望母亲多多保重。"三公主说："娘不怪孩儿，真有罪的是那只山羊，要把它的皮制成鼓，用黄泥浆糊上，狠狠地敲它，重重地捶它，才解我们的心头恨，让你父亲在九天之上都听得到。"儿子们立刻动手，将德芎树做了一个八拃长的大鼓，又用柏树做了六个十三拃长的长鼓，绷上山羊皮，再糊上黄泥浆。鼓造成了，三公主背起大鼓，儿子们拿起长鼓，边敲边舞；六个女儿拿着揩泪的手帕，悲伤地边哭边唱，共同追悼他们的父王——盘瓠王。

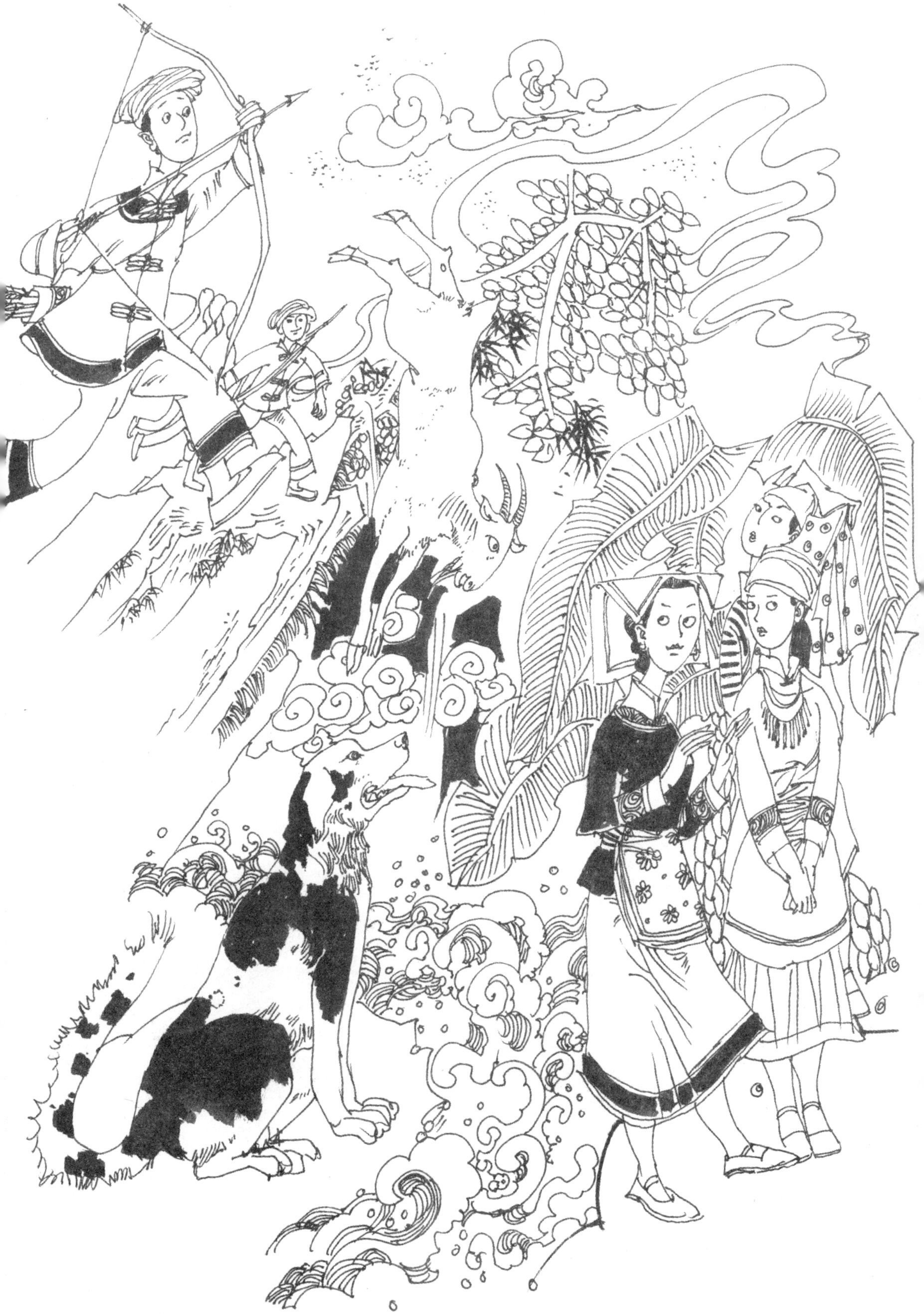

从此，黄泥鼓一代一代传下来。逢年过节，喜庆丰收，祭祀祈祷，驱魔赶邪，瑶族人民都要打黄泥鼓，唱盘王歌，深切怀念祖先。

讲述：盘日新、盘振松
采录：刘保元
选自《中国民间故事集成·广西卷》

黑马张三哥

(青海·土族)

从前,有一个姓张的老阿奶,她本来有儿有女,日子过得蛮好。可是,这地方有个九头妖怪,吸人血,吃人肉,害得人们无法生活。老阿奶家的人被九头妖怪吃掉了,她过着孤苦伶仃的穷日子。

老阿奶家里只有一匹黑马,黑马成年累月伴着老阿奶。老阿奶哭时它也流泪;老阿奶高兴时,它也就跳蹦起来。一天,老阿奶发现黑马的肚子大了,她还以为马吃多了。可是黑马的肚子一天天大起来,她一摸,好像有个东西在蠕动。她又惊又喜,盼望能早点儿生个驹子。天天盼,夜夜盼,末了,黑马却生了个衣胞胎。老阿奶想,怎么会生个怪物呀?叹了口气,说:"真是运气不好,该受一辈子的孽障①!"老人也没敢向外传,悄悄把衣胞埋到马槽旁边。

过了三天,老阿奶去喂马,看见埋衣胞的地方在动。阿奶觉得奇

---

① 孽障:这里是生活困苦的意思。

怪,就挖了出来,用刀慢慢割开,原来是一个白胖胖的尕①男娃。

阿奶高兴极了,给孩子起了个小名,叫"黑马"。老阿奶可爱黑马娃啦,有好吃的让他吃,有好穿的让他穿。黑马也很聪明,四五岁上就什么也懂啦!

一天,阿奶哭了。孩子问:"阿奶,你为啥哭?"老阿奶本不想说,孩子问得不行,也就说了:"傻孩子,你不知道呵!你的阿哥、阿姐都被九头妖怪吃了,怎叫人不伤心……"老阿奶原原本本把家事告诉了孩子,要孩子记在心上。

黑马知道后,要阿奶给他副弓箭,阿奶照着做了。一天,黑马背起弓箭,跟阿奶说:"阿奶,阿奶,你把我养大了,我要到外面找几个弟兄去……"老阿奶觉得孩子小,放不下心;又想,还是让孩子出去闯闯好。她心一横,就忍着泪,把孩子送走了。

黑马走了一天,到了深山,碰见一块大石头,像房子一样。他向大石射了一箭,一箭把石头射翻了。石头底下,一个人说话了:"喂,往上走的往上走,往下走的往下走,哪位大哥射翻了我的房子?想干什么呀?"黑马说:"我不往上走,也不往下走,我要请你出来结拜个兄弟哩。"这时石头底下出来了一个又高又大的人,说:"我当哥哥,还是当弟弟?"黑马说:"你是石头底下出来的,就叫你石头大哥吧。"

两人上路。石头大哥问:"咱往哪里去?"黑马说:"先上山打猎去呗。"

走了一阵,遇见一棵又大又粗的松树。黑马向大松树射了一箭,一箭就把大松树射倒了。树底下有人说:"往上走的往上走,往下走的往下走,哪位大哥射倒了我的房子?想干什么呀?"黑马说:"我不往上

---

① 尕(gǎ):小的意思。

走，也不往下走，我要请你出来结拜个兄弟哩。"这时大树底下出来一个身材高大的人，说："我当哥哥，还是当弟弟？"黑马说："这位是石头大哥，你从木头底下出来就当木头二哥，我小，就叫我黑马张三哥呗！"从此，三人成了同甘共苦、生死与共的弟兄。

兄弟三人上了山，走呀，走呀，走到一个空山沟里。没有人烟，只有一间破房子。他们就在这儿住了下来。白天上山打猎，晚上在房里歇息，这样过了很久，很久。一天，兄弟三人打猎回来，房子里有一锅热腾腾的饭，香气扑鼻。黑马张三哥说："奇怪，这空山沟里，有谁来给咱做饭呢？"石头大哥、木头二哥端起碗来就要吃。黑马张三哥阻止道："慢着，甭着急，让我先尝尝，吃了没事，咱们再吃也不晚。"黑马张三哥尝了尝，嘿，好吃极了！兄弟三人放开肚吃了个饱。饭也做得不多不少，正好。

第二天，打猎回来，又是一锅热饭。兄弟三人又吃了个饱。这样天天有人做饭，黑马张三哥说："咱们兄弟三个天天出去，也不知饭是谁做的，明日咱们得有个人看家呀！"石头大哥说："明日我守家，把住门口，看谁能进来。"黑马张三哥说："好，好，明天你守门呗！"

这天，石头大哥在大门口等着，等到下午还不见人影。天黑了，回去一看，又是一锅热饭。石头大哥很扫兴，觉得凭自己这样结实高大的身材，还没看到人进来，真气人。兄弟二人回来，看见石头大哥丧气的样子，也没说什么。末了，木头二哥说："明天我看门，看看是谁进来。"

第二天，木头二哥躺在炕上，不知不觉睡着了。到天黑，又是一锅热饭。兄弟二人回来，都埋怨木头二哥粗心大意。黑马张三哥说："昨天石头大哥守门，今天木头二哥守门，都没守好；明天，你们打猎去，我看家。"

第三天，黑马张三哥躺在床上，装着睡觉。等到后响，从窗口飞进来三只鸽子，一到房里就变成了三个美丽的姑娘。她们一个烧火，一个提水，一个做饭，很快饭就做好了。三个姑娘说说笑笑，拾掇停当，正要飞走。黑马张三哥猛然"嘿"了一声，三个姑娘吓得愣住了。黑马张三哥说："三位姑娘，不要怕，你们是从哪里来的？告诉我。"姑娘们又羞又怕，只有那个年龄最小的说话了："我们是天上的仙女，看到你们兄弟三个天天打猎，很辛苦，就来给你们做一下饭。"黑马张三哥说："天上那样好，你们下来干啥哩？"大姑娘、二姑娘都羞得不敢答话，还是三姑娘胆大，她说："天上再好，也不如和你们在一块好呀！"黑马张三哥说："那你们不要回去了，和我们弟兄们结亲好不好？"三个姑娘羞红了脸，点了点头，背过脸，乐得抿不住嘴。大姑娘、二姑娘都长得粉桃花似的，唯有三姑娘脸黑了些，但像一朵腊梅花。

两位大哥还没到门口就问："老三，你今日守得怎样？"黑马张三哥说："今天我守家，等来了三位姑娘，给咱们弟兄做媳妇哩。你们看，她们多好啊！"两位大哥看了，乐开了，说："三弟真行，真行！"

三个姑娘盛好饭，大姑娘给大哥端，二姑娘给二哥端，留下三姑娘，把饭端给黑马张三哥。他们就这样结成了甜蜜的夫妻。

男子们打猎，媳妇们管家，弟兄们的日子，过得蛮快活。有一天，黑马张三哥忽然懊丧着脸，像有什么心事一样，大哥、二哥、大嫂、二嫂都很纳闷："老三哪！为什么愁眉苦脸的呀？"

黑马张三哥说："咳！要是能回家去，把阿奶接来才好呢。"木头二哥说："老三，上回我没守好门，这事交给我办吧！用我这条长腿一天打个来回，保管把阿奶背回来。"石头大哥和三个媳妇都说可以，黑马张三哥也只好依从了。

木头二哥两条长腿走得真快，一天真打了个来回，把阿奶背来了。

阿奶抱住黑马张三哥，乐得流出了眼泪，看看儿子有吃有穿，有这么个好媳妇，还找到了这么几个好心弟兄，心里真像开了花一样。

没过多久，一天，九头妖怪来了。碰巧兄弟三人上山打猎去了。九头妖怪进来说："老婆婆，哈哈，肉这么多，还有三个漂亮的阿姐！好啊！今天吃你们的肉，还是喝你们的血呀？"大家都吓得说不出话来。唯有三姑娘不怕，她想了想说："这里肉多得很，你先吃吧，吃完了再吃我们也不迟。"九头妖怪说："好，那也可以，反正你们跑不了。"

兄弟三个回来，老阿奶把九头妖怪的事说了一遍。石头大哥生气了："嘿！真是岂有此理，明天我守门，一刀砍它两截。"黑马张三哥说："也好，只是明天阿奶和媳妇们都不要待在家里了。"

第二天，石头大哥挡在大门口，站了一天，不见九头妖怪的影儿。原来九头妖怪从后门进来，吃了肉，背了油走了。晚上大家回来问石头大哥："见到妖怪没有？""哎！门口站了一天，没见到。"媳妇们看肉少了："没看见，肉咋会少了这么多？"木头二哥说："明天我守门。九头妖怪跑得再快，也要抓他回来。"黑马张三哥再三叮咛二哥，千万不要睡着。

第三天，木头二哥等了一上午，不见来。等着，等着，就睡着了。九头妖怪又吃了肉，背了油走了。大家回来一看，木头二哥在睡觉，说了他一顿。他自知没理，也没说什么。黑马张三哥说："明天我守门。"

第四天，黑马张三哥拿了一把刀子，藏在门背后。九头妖怪来了，嘴里说："三个漂亮的阿姐儿哪里去了？"话没落音，黑马张三哥一刀砍去，把九头妖怪的一个脑袋砍掉了。九头妖怪急转身就跑，喊着："不得了，这房里有厉害人哩！"黑马张三哥也没追，便把妖怪的头挂了起来。

晚上哥嫂们、阿奶回来了，问："老三，你今天守得怎样？"黑马张三哥说:"看,我砍了妖怪的一个头。"两位哥哥说:"三弟真行,真行。"老阿奶说:"孩子们,要斩草除根,妖怪还有八个头哩!"黑马张三哥说:"阿奶放心,我们兄弟三人一定要把妖怪除掉。"

晚上,黑马张三哥和两个哥哥商量好了办法。第二天,弟兄三个背上刀,别了阿奶和媳妇们,找妖怪去了。

下得山来,望见一个村庄,遇到一个小娃在山坡放羊。黑马张三哥问道:"小娃,请告诉我,九头妖怪在什么地方住?"小娃说:"我就是给九头妖怪放羊的。他可凶啦,自把我捉来,每天侍候他,还要打我。"黑马张三哥说:"那好,今晚你引我们到九头妖怪家里去,我们一起把他杀死。"小娃很高兴地答应了,并说:"这两天九头妖怪在养病,每晚叫我给他送茶、舔伤疤,晚上我把你们带进去,趁他不防,就下手。"

到了晚上,三人夹在羊群里混进九头妖怪的住宅。小娃把他们引进九头妖怪的房子。石头大哥和木头二哥藏在门背后,黑马张三哥藏在柜子后面。九头妖怪叫放羊娃给他倒了茶,又叫舔伤疤。舔得舒服,妖怪渐渐睡着了,黑马张三哥上去一刀,砍下了妖怪的四个头。妖怪大叫一声:"不好!"爬起来就往外跑。刚到门口,石头大哥和木头二哥一齐从门背后跳出来,一人一刀,把九头妖怪的头砍完了。兄弟三人上去又砍了几刀,九头妖怪才断了气。

兄弟三人带上放羊娃,一起又回到山里,见了阿奶和媳妇们,告知杀了九头妖怪,大家又唱又跳。从此,他们就在这里过着幸福的生活。

搜集整理:王殿、许可权
选自《中国民间故事选》

鲁班学艺

(河北)

清水河向东拐了个大弯子，弯子里有个堡子叫鲁家塆。鲁家塆里住着一个姓鲁的老木匠。老木匠已经五十八岁了，十八岁学艺跟班，算起来已经做了四十年的木匠活。勤恳的老木匠一生盖了两个堡子：鲁家南塆，鲁家北塆。老木匠有个怪脾气，做了一辈子的木匠活，没有收过一个徒弟。当别人要拜他为师学艺的时候，他总是推辞说："跟我能学出个什么手艺来，你没看看我盖的那些歪歪扭扭的房子，打出的不周不正的箱柜。"常了，人们都知道他这个怪脾气，要学木匠手艺的人也就不向他学了。

老木匠一生都不满意自己的技艺，他不但不教别人，连自己的儿子都不教。一生他省吃俭用，一个铜钱都能握出水，就这样他积攒了三百两银子和三匹快马，准备留给自己的儿子长大投师学艺好用。

老木匠生了三个儿子：大儿子叫鲁拴，十八岁了；二儿子叫鲁宾，十五岁；最小的儿子十二岁，就是鲁班。

鲁拴和鲁宾都是衣来伸手、饭来张口的懒汉，从出生到长大，锛子倒了不知扶，斧子掉了不知捡，锛凿斧锯动都没有动过一下。爹爹和妈妈都不喜欢这哥俩。

鲁班从小就很勤快好学，常常跟在爹爹后头，帮着拉线和做些零活，瞅着爹爹扬锛使斧锯砍着木头。有一次晌午吃饭的时候，妈妈忽然发现鲁班大半天没有在家，便有点慌神了，连忙出外去找，找了大半天，才在一家新房子门前找到了。鲁班蹲在一边，两手端着下巴颏，正呆呆地瞅着几个木匠做窗子哩。

鲁班六七岁就愿意动斧动锯，把圆木头砍成方条，粗粗的木头锯成薄板子。长到了十岁的时候，所有的"家把什"他都会使唤了，斧子凿子在手上乱转。鲁班成天不闲手，做了很多的小木柜、小板凳、小车……房檐子底下，堂屋地上都摆满了，像小木铺一样。鲁班看见妈妈坐在炕上打线很吃力，便从南山上砍了一棵柳树做了一把椅子，说："妈，坐在椅子上打线吧，省得腰痛。"鲁班见姐姐的针线箩筐没有地方放，便从北山上砍了一棵榆树，给姐姐做了一个木箱，说："姐姐，把针线箩筐放到箱子里去吧，省得乱放丢针掉线。"可是当大哥、二哥求他做点木活的时候，他不但不给做，还批评他们说："有木头有斧子，自己不能去做吗？"爹爹、妈妈和姐姐都喜欢鲁班。

三个儿子一天比一天大了。

一天，老木匠把大儿子唤到跟前说："孩子，你也不小了，不能总指着爹爹养活你们。'三岁牤牛十八岁汉子'，你应该学点手艺，还是学个木匠吧。不过爹爹不能教你，我的手也拙，艺也粗，从来连一个徒弟都没有收过。你带上一百两银子，骑上一匹快马，上终南山去找隐居的木匠祖师吧！"老头说完瞅了瞅鲁拴。闲懒成性的鲁拴哭丧着脸，一句话也没有说，接过银子，骑上马，晃晃扭扭地走了。

鲁拴走出大门，心想："终南山离这十万八千里，上哪去找师傅去。"于是他骑着马，东游西逛了三年，银子花光了，马也卖掉了，光杆回来了。老木匠气得没说二话，就把鲁拴赶出了大门。

老木匠又把鲁宾叫来。"孩子啊，你也长到十八岁了，拿上一百两银子，骑上一匹快马，上终南山去寻找师傅吧！千万别像你哥那样。"老头说完又瞅了瞅鲁宾，鲁宾的嘴都要噘上天，哭哭啼啼地接过银子，懒懒地骑上马走了。

鲁宾走了一天一夜，一打听，终南山离这有十万多里的路程，便泄气了。他信马由缰地混过了三年，花光了银子，卖掉了马，披着麻袋回来了。老木匠气得更厉害，拿起榆木拐棍，一顿棍子又把鲁宾打出去了。

老木匠唤来了鲁班，流着眼泪摸着鲁班的头说："孩子，你那没有出息的两个哥哥都被我赶出去了，这回爹爹一生的希望都放到你一个人的身上。你不能让爹爹的这颗心一凉到底，千万千万不要像你两个哥哥那样——"没等爹爹把话说完，鲁班就接过话头："爹，你放心吧！儿子早就包好银子，备好了马，只等你吩咐了。找不到师傅，学不好手艺，我不回来见你！"

鲁班拜别了爹妈，骑上马，便向西方奔去。老木匠瞅着儿子的背影，揩着眼泪，嘴里不住地叨咕着："还是我的鲁班啊……"

鲁班扬鞭打马，人急马也急，一天就跑了三百多里的路程。鲁班走了十天，赶过三千里路，光光的大道走到尽头了，前面出现了一座高山。山又高又陡，道又弯又窄，道上长满了刺棘和狼牙石。鲁班勒住马愁住了。这时，忽然从山脚下走过来一个老樵夫，鲁班牵马上前作了个揖，问："老大爷，终南山离这还有多少里路程？"老樵夫捋了捋胡须，慢吞吞地说:"嗯,直走六千里,弯走一万两千里,要找简便道走,就得跨过这座大山。"鲁班又问:"大爷,你有没有什么办法帮我跨过这座大山?"老樵夫晃了晃头,说:"这样高的山,一年也爬不到半山腰。"鲁班说:"一年爬不过去爬两年,两年爬不过去爬三年,爬不到山顶我死也不下山!"老樵夫一听他说得这样坚决,也很佩服,笑了。"你把我这把镰刀拿去吧,用它砍刺拨石,很快就能上去。"鲁班一听可乐坏了,又点头又作揖,接过镰刀便向山上走去。镰刀轻轻地向地上一拉,刺棘和尖石都拨开了,他很快地就登到山顶。鲁班把镰刀挂在一棵大树上,骑上马又向西方的大路跑去。

鲁班又走了十天,又赶过三千里的路程,光光的大道又走到了尽头。前面有一条大河,又黑又绿的河水,扔下一块石头子儿,半天都翻不上水花来。鲁班勒住了马又愁住了。这时从河对岸划过一只小船来,船头上坐着一个年轻的渔夫。鲁班牵马上前作了个揖,问:"大哥,这儿到终南山还有多少里?"渔夫拨弄了一阵手指,说:"嗯,直走三千里,弯走六千里,要找简便道走,就得横跨过这条大河。"鲁班接着问:"大哥,能不能想办法把我渡过河去?"渔夫皱着眉头说:"这不行!河又宽,水又深,自古以来这条河淹死过多少过路的人!"鲁班说:"不怕水深探不到底儿,不怕大河宽到天边,不跨过这条大河我死也不转回头!"渔夫见鲁班很刚强,笑了:"兄弟,牵马上船吧,我把你渡过河去。"

鲁班渡过了河,又奔上大道,追风赶日又走了十天,三千里路程甩在脑后头,光光的大道又走到了尽头,眼前出现了一座高山。鲁班心想:"这座大山恐怕就是终南山了。"山头很多,曲曲弯弯两千多条小道。从哪一条道上山呢?鲁班又愁住了。这时他发现山脚下有一处小房,房门口坐着个打线的老大娘。鲁班牵马上前作了个揖,问:"大娘,终南山离这还有多少里?"老太娘张口就答:"直走一百里,弯走三百里;三百座山头,三百个神仙,你要哪一个?"鲁班一听可乐坏了,连忙回答:"我投奔木匠祖师,从哪一条小道上去?"老大娘说:"九百九十九条小道,正中间那一条路就是!"鲁班连忙道谢,左数四百九十九条,右数四百九十九条,踏上正中间的小路,打马向山上跑去。

鲁班到了山顶,只见一片树林子里露出几疙瘩房脊,走近看是一处三间房子。鲁班轻轻地推开了门,屋子里横竖放了一地破锛子、烂凿子,连脚都插不进去。鲁班向床上一看,一个白发苍苍的老头子伸着两条腿睡着大觉,像雷一般地打着呼噜。鲁班心想:"这个老头子一定就是木匠祖师了。"鲁班没有惊动师傅,把破锛子、烂锯收拾了起来,放在木头箱子里,而后又很规矩地在长凳上坐下,等着老师傅醒来。

老师傅的觉可真大,翻了好几次身都没有醒,直到太阳落山的时候,才睁开眼睛坐了起来。

鲁班走上前,跪在地当心,说:"老师傅呀,徒弟今天拜上门,请求师傅能收我学艺。"

老师傅问:"你叫什么名字啊?从哪儿来的?"

鲁班回答:"我叫鲁班,从一万里地外鲁家塆来的。"

老师傅又问:"学艺为什么来找我呀?"

"因为你是木匠的祖师!"鲁班回答得很干脆。

老师傅停了一下,说:"我要考问你一下,答对了我就把你收下,回答不对可别怪师傅不收你,怎样来还怎样回去。"

鲁班的心跳了一下,说:"如果今天回答不上来,明天来回答;哪天回答上来,哪天让师傅收留!"

老师傅说:"普普通通的三间房子,几根大柁,几根二柁?多少根檩子?多少根椽子?"

鲁班张口就答:"普普通通的三间房子,三根大柁,三根二柁,大小二十根檩子,一百根椽子。五岁的时候我就数过它。"

老师傅把头轻轻地点了一下,接着问:"一件技艺,有的人三个月就能学去,有的人得三年才能学去,三个月和三年都扎根在哪里?"

鲁班想了想回答:"三个月学去的手艺,扎根在眼睛里;三年学去的手艺,扎根在心里。"

老师傅又轻轻地点了一下头,接着提出第三个问题:"一个木匠师傅教好了两个徒弟,大徒弟的一把斧子,挣下了一座金山;二徒弟的一把斧子,在人们的心里刻下了一个名字。如果你学好了手艺,跟哪个徒弟学?"

鲁班马上回答:"跟第二个学。"

老师傅不再问了:"好吧,既然你都回答了上来,我就得把你收下。不过可有一件,要向我学艺就得使用我的家把什,我已经有五百年没使唤这些玩意儿了,你拿过去修理修理吧!"

鲁班站起身来,把盛装家把什的木箱放到磨刀石旁,一样样地拿了出来。这时候他才仔细地看了一下:斧子长了牙,长锯连一个齿都没有留下,两把凿子又弯又秃,长满了土锈。鲁班连一口气都没有喘,挽起袖子便磨了起来。白天磨,晚上磨,膀子磨酸了,两手磨起了血泡,又高又厚的磨刀石,磨得像一道弯弯的月牙。鲁班磨了七天七夜,斧子磨利了,长锯磨出了尖齿,凿子也磨刃了,所有的家把什都磨得又快又光又亮。鲁班一样样地送给老师傅看了,老师傅看完了只是点了点头,连一句"行或是不行"的话都没有说。

"为了试试你磨的这把锯,你要把门前那棵大树锯倒,它已经生长五百年了。"

鲁班扛着锯,走到大树下。大树可真粗,两只胳膊没抱住,往上一瞅,呀!树尖都快要顶天了。鲁班坐在大树下锯起大树来,足足地锯了十二个白天和十二个黑夜,才把大树锯倒。鲁班扛着大锯进屋去见师傅。

老师傅又吩咐说:"为了试试你磨的这把斧子,你要把这棵大树砍成一只大砣。要它光得不留下一根毛刺儿,圆得像十五的月亮。"

鲁班转过身提着斧子就出去了。一斧斧砍去大树的枝丫,削去了树疤,足足地砍了十二个白天十二个黑夜,才把一根大砣砍好。他提起斧子进屋去见师傅。

老师傅接着又吩咐:"还不行。为了试试你磨的凿子,你要把大砣凿出两千四百个眼子,六百个方的,六百个圆的,六百个三棱的,六百个扁的。"

鲁班提起凿子便凿了起来,只见一阵阵木花乱飞,他越凿越有劲儿。足足地凿了十二个白天十二个黑夜,两千四百个眼子凿好了。鲁班提着凿子又去见师傅。

这回老师傅可笑了,连忙走下花藤椅子,接下鲁班手里的凿子,揩去了鲁班脸上的汗珠。夸奖说:"好孩子,什么也难不倒你,我一定把我全部的技艺都传教给你!"说完便把鲁班领到西间屋里去,一进屋鲁班的眼睛就睁大了,眼神也不够用了。原来这间屋子里摆了好多的模型,里面有各式各样的楼阁桥塔、椅凳箱柜,制造得都特别精致。老师傅笑着说:"你就一个个地拆下来再安上,每一件模型都要拆下一遍,安上一遍;拆安好了,你的手艺也就学好了。你自己钻心地学吧,我不在你的身边唠叨。"老师傅说完就走出去了。

鲁班拿起模型,翻过来看,推过去看,擎在手里不舍得放下。老师傅让拆安一遍；他拆安了三遍。每天只见他进屋不见他出屋，饭放凉了顾不得吃；胳膊腿累乏了，顾不得伸一伸。每天老师傅睡觉前来看看，鲁班在房子里拆安，睡觉醒来看看，鲁班还是在房子里拆安。当老师傅催促他睡觉的时候，他只是"嗯嗯"地信口回答，可是拿在手里的模型却不放下。

就这样，鲁班苦学了三年，手艺学成了。老师傅为了试试他学得如何，便把全部的模型都毁掉，鲁班凭着牢固的记忆，一样样地又重新地给制作出来。老师傅又提出好多新的样式让他制作，鲁班细心地一琢磨，就能很快地按着老师傅的要求做出来了。老师傅很满意。

一天，老师傅把鲁班叫来，留恋地说："徒儿，三年过去了，你的手艺也学好了，今天该下山了。"

鲁班一听，心一下子就凉了半截，说："那不行，我的手艺还没有学成，我还要再学三年呢！"

老师傅笑了，"以后你自己学吧，今天说什么你也得下山！"徒弟要走了，师傅送给点什么东西呢？老师傅想了想说："好吧，你磨的斧子、长锯、凿子就送给你拿去用吧！"

鲁班呆呆地瞅着师傅，哭了："穷徒弟留给师傅点什么东西呢？"

老师傅一听又扑哧地笑了："师傅什么也不要你的，只要你不丢了师傅的名声就够了。"

鲁班含着眼泪拜别了师傅，下山了。

鲁班回来的路上，没有找到指路的老奶奶、渡河的渔家大哥和赐刀跨山的老樵夫。为了报答他们的恩情，鲁班在终南山下盖了一座大庙，在大河上修了一座大桥，在第一次跨过的高山上造了一座大塔（据说这些东西至今还有）。

鲁班回到家，拜见了爹妈，拿着师傅赐给的斧子，记着师傅的嘱咐，给人们做了很多的好事，留下了很多动人的故事。后世人尊称他为木匠的祖师。

搜集整理：琐辰

选自贾芝、孙剑冰编《中国民间故事选》

车勒布库

（黑龙江·达斡尔族）

车勒布库和瞎妈妈一块生活。瞎妈妈挖莽格菜、采柳蒿菜；车勒布库砍柴卖钱，买点米过日子。家里很穷，常常吃上顿没下顿。

打猎靠好箭，砍柴靠利斧。车勒布库空有一身力气，那把破斧子累死也磨不快，再使劲也砍不了多少柴。尽管这样，车勒布库还是天天挑着一担干柴到市上去卖，得点银子钱，买点好吃的。妈妈爱吃拉拉饭，他就买两斤稷子米；妈妈爱喝酒，他就打两斤白干。要是钱不够，只买一个烧饼，他也揣在怀里，到家掰开，让妈妈吃大半儿，他吃小半儿，所以邻居都说他是个孝心儿子。正因为这样，车勒布库饭食跟不上，长得又瘦又小，加上斧子不快，砍的干柴也越来越少。

有一天，车勒布库去镇上卖柴，走到十字路口，看见一群人围着一个白胡子老人。车勒布库挤上前去观看，只见老人跟前摆着一把斧子，一条扁担，两根绳子。斧子刃薄、锋利，拿根牛毛冲斧刃一吹就断成两截。扁担不长不短，不薄不厚，表面光滑，一压一颤悠，用它担柴一定很轻快。那两根绳子更有意思，不是麻的，不是丝的，闪闪发光，柔韧好使。

车勒布库觉得很稀罕,站在那一动不动。就听白胡子老人说:"好货卖给用家,好斧卖给砍柴人。哎,卖啦卖啦,贱卖啦。我这斧子真快,保你一斧砍倒一棵树;我这扁担真好,保你一次担起两座山;我这绳子随主人心意,能长能短,能粗能细,能紧能松,只要主人说句话,保你好使,不信当场试验。"白胡子老人说着,当场做了试验,果然灵验。

车勒布库看呆了,很想买到手,可一问,人家要十两银子。他卖十天半月的柴,也卖不了那些银两,怎么买得起哟!可他又不肯离开,就蹲在前边看,眼睛都有点看直了。他摸摸兜,有些碎银子,是他今天把一担干柴卖给一个萨满得的。好心的萨满看他诚实,多给了一些银子,虽然不够买这三样东西,倒可以讲讲价钱。但车勒布库舍不得用这钱买,因为他要给妈妈买一件袍子,天头快冷了,别把妈妈冻着;再给妈妈打一斤白干,买半斤肉……

快黑天了,围着的人渐渐散去了,就剩下车勒布库,还蹲在那里,呆呆地瞅。白胡子老人见他不走,就问:"年轻人,你叫车勒布库吧?""是。"车勒布库一愣,心想,这老人怎么知道我的名字?老人又问:"你要买吗?""要买没有钱。""你说谎话,兜里明明有钱嘛!""那是留给我妈买东西的……""哈哈,看你还挺孝顺,我就把这三样宝物送给你吧。不过,你得答应我一个条件。""什么条件?"老人说:"我这三件宝物有个脾气,你得依它,就是不要只顾自己,得去帮助别人。记住了吗?"

"记住了。"车勒布库接过斧子、扁担、绳子,乐得双膝跪地,向老人磕了三个响头,表示感谢。他抬起头来一看,白胡子老人不见了。

车勒布库回到家,把这事向妈妈说了一遍。妈妈说:"孩子,那准是你有福，神仙来帮助你了。"

有了宝斧，车勒布库打柴可快了，一斧一棵树，一点也不费劲。两大捆柴，用那扁担一挑，一点也不觉得压肩。那绳子果真十分听话，要多长有多长。他担的柴多，卖的钱多，常常用那些钱去诚心诚意地帮助别人，他家的生活也渐渐好多了。可是妈妈岁数大了，车勒布库还没有媳妇。"我天天上山砍柴，谁在家侍候妈妈呢？"车勒布库有了心事。想找个媳妇，也不那么容易。姑娘们有的嫌他穷，有的嫌他长得瘦小，有的嫌他长得丑，谁也不愿嫁给他。

有一天夜里，忽听外边一阵风声，刮得惊天动地。车勒布库爬起身，隔窗一看，只见一个三十多岁的男人坐在院里哭。车勒布库赶紧穿衣出去，问道："大哥大哥，你哭什么？有什么难处说出来，我帮助你！"那人说："我是西山的猛虎，妖精要吃我全家，我跟妖精打了三天三夜，实在打不过它。我的孩子，我的妈妈，眼看都要完了，听说你常帮别人忙，求你救救我全家的命吧！"

"行是行，怎么救呢？"

"你不是有三件宝吗？明天你上西山……"那人把打妖精的办法详细告诉了车勒布库。

第二天，车勒布库按时上了西山，果然听见风声、吼声，震得山谷嗡嗡响。走近一看，果然看见一只老虎和一个怪物在搏斗。那怪物高个儿，长嘴，一身鳞甲，两根长须足有缸口粗，样子十分凶恶。它的两根长须很厉害，连抽带刺，打得猛虎筋疲力尽，猛虎眼看就不行了。这时，怪物哈哈大笑说："今天该尝尝虎肉了！"说着便现了原形，原来是一条十搂粗的大毒蛇。它张开大口，向虎头咬去。车勒布库不慌不忙，大喊一声："大胆妖精，不要伤我哥哥！"蛇精一看有人，就丢掉猛虎，张着大嘴向车勒布库猛扑过来。车勒布库趁势把扁担塞进蛇妖的嘴里，那蛇妖身子立时就不会蜷曲了。车勒布库回手把两条绳子往蛇妖身上一扔，说声："捆！"那绳子刷的一声，把蛇妖紧紧捆住。蛇妖还不甘心，抬起头，抡起两根长须，向车勒布库抽来。车勒布库手持柴斧，左右一抡，把蛇妖的两根须都砍断了。蛇妖又用尾巴狠狠地横扫过来，车勒布库手疾眼快，抡起斧子砍掉了蛇妖的尾巴。没等蛇妖缓气，车勒布库蹿上去又是一斧子，把它的头砍掉了。谁知，车勒布库还没转身，蛇妖脖子上又冒出一个头来。就这样砍了冒，冒了砍，一连砍掉九个头，蛇妖才冒出一股黑血，死了。

就在杀死蛇妖这年的三十晚上，车勒布库娘俩正在睡觉，忽听外面刮起一阵大风。风过后，外屋"扑通"一声，车勒布库赶紧点上油灯一看，原来是那天在他院里痛哭的那个男人，背着一个大姑娘，站在外屋地上。没等他询问，那男人就放下姑娘说："救命恩人，她是我妹妹，我妈叫我送给你当媳妇，你们成亲吧！"说完，一阵风就不见了。车勒布库把姑娘领进屋一看，这姑娘长得像芍药花一样，黑黑的头发，红扑扑的脸蛋，大眼睛像水珠似的，滴溜溜地转着，好漂亮哟。

车勒布库和漂亮姑娘成亲了，瞎妈妈享上了福，一家三口过上了好日子。

讲述：胡大娘

采录：李福忠

选自《中国民间故事集成·黑龙江卷》

斯坎德尔国王和他的继承人

（新疆·塔吉克族）

相传很久以前，帕米尔高原上建立了一个王国，国王是个贤明的君主，名叫斯坎德尔·祖里海乃英。他统治着七个领地，领地里的贵族们每年都向国王进贡七百个金元宝。国王把这七百个金元宝只在国库里存放一天，第二天就亲自把这金元宝分发给全国的孤寡老人。

廉洁公正的斯坎德尔国王深得各族百姓的拥护，他的国家日益强盛起来。人民都安居乐业，这样国王的统治一直延续了八十六年。

年迈的斯坎德尔国王一天晚上突然做了一个梦，梦见他离开王宫，走到一个长满各种奇草异花的花园。那里有一条小河，河边坐着一个水晶人，全身晶莹透明，光芒四射。国王惊醒以后，知道这是不祥的预兆。第二天，便召集王公大臣们商议道："我已年迈体衰，恐怕会不久于人世了。我要在临终之前选定一个王位继承人，我选的这个人，如果他能在我去世以后，说出我想说而没有说完的话，你们就应该像拥戴我一样地拥戴他，这样我就放心啦。"

王公大臣们纷纷表示，一定按照国王的训诫去做。

皇宫里有个守门人是个汉人，他从国王登基以来就在皇宫守门，几十年来不论刮风下雨酷暑严寒，始终坚守岗位，默默无闻地做着每件被宫中上下所瞧不起的差事。他在宫门上每天接触从全国各地来京城求见国王的穷苦人，他省下钱来帮助那些穷人，并尽可能地把他们的要求和希望转达给国王。天长日久，国王从守门人那里听到了从王公贵族们那里听不到的许多民情和传闻，他也尽量去满足人民的要求，实行了许多富国强兵的办法。从此，守门人的名字也被传扬出去，受到全国百姓的爱戴。

一天，国王想在去世之前最后一次看望一下他的人民，便带了几个近臣和随从出外巡视。国王回宫的时候，正好在宫门外面碰到了这个守门人。国王问道："这座山上的雪是什么时候下的？"

守门人回答道："陛下，是去年才下的。"

国王又问道："这场雪对庄稼有害吗？"

守门人回答道："不会的，陛下，它能使庄稼长得更茂盛。"

国王又说："那么果实会怎么样呢？"

守门人回答道："果实会是甜的，就跟陛下您所尝过的一样。"

国王满意地点了点头，说道："明天早朝的时候你到皇宫来一趟，我们有件事要告诉你。"

守门人向国王深鞠一躬说道："遵命。"

在回宫的路上，一个大臣对国王说道："陛下，那个守门的汉人在撒谎，这座山上的积雪从我生下来的时候起就有的，他却说是去年才下的，这不是明明在欺骗陛下吗？"

国王笑道："刚才我和守门人的谈话，看来你们一点也不明白。你们身为朝廷高官，但远不及守门人智慧。"

大臣们面红耳赤，请求国王指点。

国王说道:"我问他山上的雪是什么时候下的,意思是说他的头发是什么时候开始白的,他回答说是从去年开始白的。第二句话是问他年纪大了,对他的差事有没有影响,他回答说没有影响,只会使他把事情办得更周到一些。第三句话是问他,人民会不会对他满意?他回答说会满意的,就像我所知道的那样。"大臣们听了国王的解释才恍然大悟,十分敬佩守门人的智慧。

第二天早上,守门人准时走上宫殿谒见国王。国王非常高兴地走下宝座,拉着守门人的手对满朝文武大臣说:"他就是我选定的继承人,也是你们将来的国王。"

满朝文武大臣一个个惊得目瞪口呆,面面相觑。

国王接着说道:"他从前是皇宫的守门人,今后他是整个国家的守门人。国王是人民的仆人,他应当是个公正、廉洁的君主,并且要了解和热爱他的人民,这样,国家才会兴旺,人民才会满意,敌人就不敢轻举妄动。"说完,国王当众把玉玺交给守门人。

几天以后,国王就去世了。七个领地的贵族们听说皇宫的一个异族守门人继承了王位,心里都不服气,暗中串通起来,准备寻找机会使新登基的国王当众出丑,然后把他赶下宝座。

在给斯坎德尔国王举行葬礼的时候,各个领地的贵族们都赶来参加。遗体下葬的时候,国王的右手一直高高地举着,怎么也裹不到克潘(裹尸的大布)里去。这时,有个贵族出来说道:"为什么斯坎德尔国王死后,还高高地举着他的右手?请新任国王来回答这个问题吧!"

守门人从容地回答说:"斯坎德尔国王死后还高举着他的右手,意思是说,你们看我当了八十六年的国王,现在我死了,可我什么也没有带走,希望你们也和我一样廉洁而公正地治理国家!"话音刚落,斯坎德尔国王那只高举着的右手突然放了下来。在场的王公贵族们无不感到惊奇。这时，他们想起斯坎德尔国王生前说过的那句话："如果有谁能在我去世以后，说出我想说而没有说完的话，你们就应该像拥戴我一样地去拥戴他。"贵族中间再也没有人敢站出来反对新国王了。

从此，新任国王和斯坎德尔国王生前一样很好地治理着帕米尔王国和属于他的七个领地，一直到他死为止。

讲述：尕娃里克

翻译整理：乌斯满江、张世荣

选自《新疆民间文学》

高亮赶水

（北京）

明成祖永乐皇帝把京城从南京迁到北京，他想把北京建设得规模宏大、雄伟壮观，就命令军师刘伯温监修北京城。

刘伯温博学多才，上知天文，下知地理，对相面、测字、看风水，也样样精通。在北京城破土动工那一天，刘伯温带领参加施工的大小官员，还有从各府州县征调来的能工巧匠和民工，共有几千人，举行了盛大的拜神仪式。什么火神爷、土地爷、财神爷，全都拜到了。他想，有了列位神仙保佑，修建北京城就会万事如意了。

破土动工了，可是全北京城的水井突然都干啦！连一滴水也没有。这怎么修城呢？刘伯温得到全城没水的消息，脑子一转，他才想起来：拜神仪式上忘记拜龙王爷了！龙王爷一生气，把全城的井水装进了鱼鳞水篓，用车推起来奔玉泉山去了。

想到这里，刘伯温马上把大将高亮找来，吩咐说："你快骑马追赶龙王爷，他把北京城的水都推走了。你追到水车，千万别跟龙王爷、龙王奶奶说话，你用枪把鱼鳞水篓捅破，掉头就往回跑。半路上不管发生什么事情，都不要往回看！这一点千万千万要记住！"高亮说："我牢牢地记住，不回头就是了。"

高亮跨上战马，手提金枪，出了西直门，一阵风似的向西方追去。过了广源闸，来到一个小村庄，高亮向一位老人施礼，问："您见到一个老头一个老太太推着一辆水车走过去了吗？"老人说："看见了。那俩推车刚出村，奔西北去啦！你看，脚底下不是水车轧出的车道沟吗？"高亮低头一看，果然有两条很深的辙印。他谢过老人，就顺着车道沟奔西北去了。

高亮又追到一个小村庄，在三岔路口迷了路。他见到老槐树底下一块大青石上坐着一位白胡子老头，就双手一拱，问道："请问老者，您见到一位老头和一位老太太推着水车过去了吗？"白胡子老头说："看见了！水车走到这个路口，那位老太太的裹脚布散开了，她还坐在大青石上裹脚来哩！那老公母俩推车奔西北去了。"高亮听完，一甩马鞭，那战马就撒起欢来，一溜烟奔玉泉山方向去了。

高亮又赶到一个村庄。街上满是泥水，路很不好走。他问走路的一位大汉见没见一辆水车过去了。那位大汉说："见到了，那辆水车走到水汪里误住了①，还是我帮他们推出来的哩！这会儿，那老公母俩出村也不过二三里地远。"高亮一甩马鞭，又往前追去。

高亮直追到玉泉山下的一个大村庄。村口一辆水车又让泥水误住了！那龙王爷、龙王奶奶正站在水汪里使劲推车。高亮催马上前，举起金枪就刺，把左边那个鱼鳞水篓捅了一个大窟窿，那清水便哗哗地流了出来。

高亮掉转马头，拖着金枪，顺着原路往西直门跑。他不停地挥动马

---

① 误住了：指耽搁了，这里指陷住了。

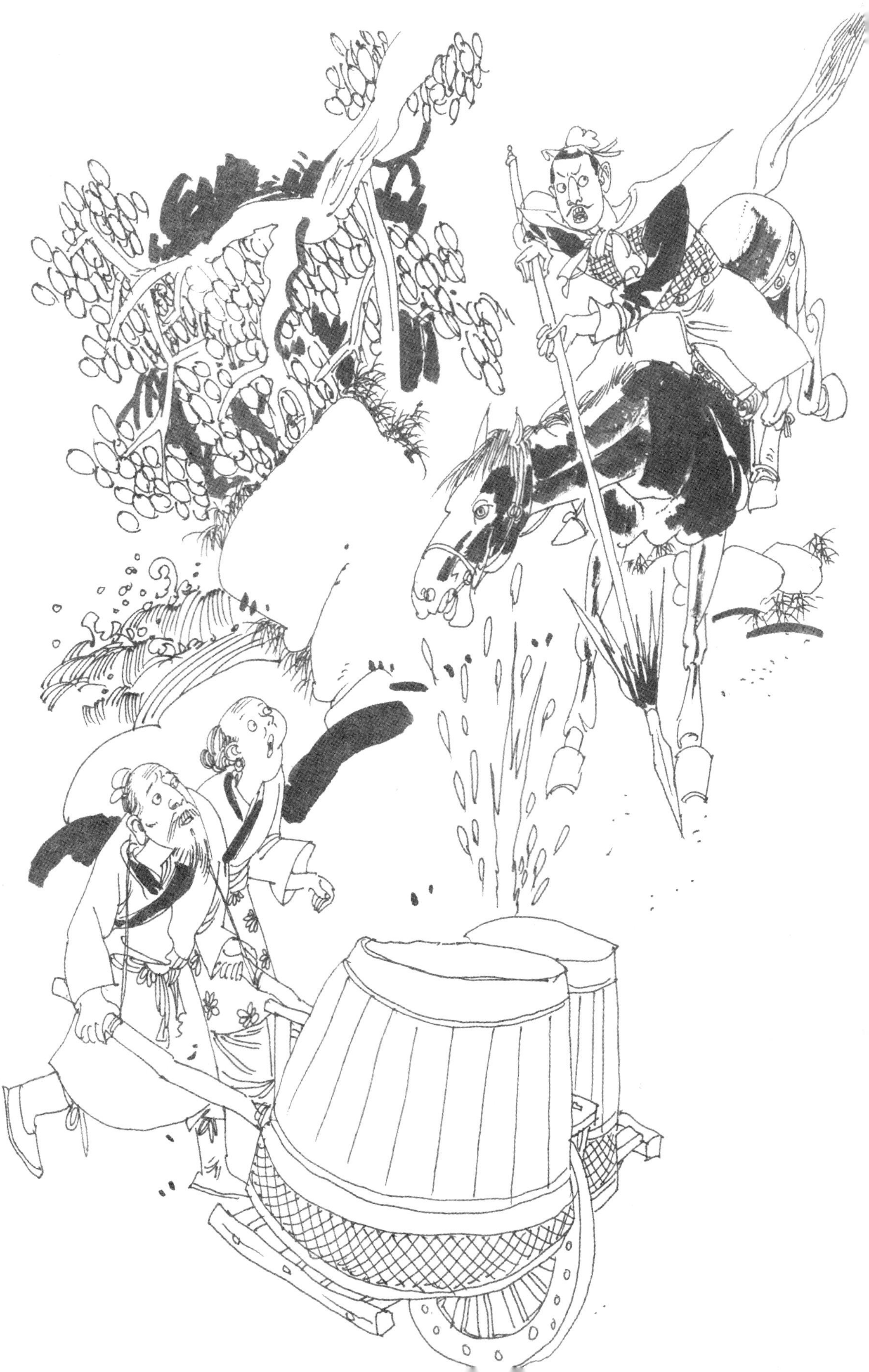

鞭，就嫌战马跑得太慢。他听到，身后边有哗哗流水的声音，离城越近，水声越大，好像大水就要把他吞了似的。但是他想起刘伯温的话，说什么也不往回看，只顾勒紧马缰绳往城里奔。

高亮骑马跑到城下的一座石桥上，已经看到刘伯温在西直门那地方向他招手呢。他以为，现在已经大功告成，可以放心了，就回头一看。这时候，一个浪头扑过来，把高亮和他的战马都卷进漩涡里，不知冲到什么地方去了。

高亮虽然死了，但是北京城的枯井里，又都涨出了水。刘伯温也抓紧时机，抢黑夜赶白天，调动能工巧匠们修好了北京城。不过，北京城里的井水都是苦的！因为高亮用枪扎龙王爷的水车时，没有来得及捅破水车右边那个鱼鳞水篓，被龙王爷、龙王奶奶推到玉泉山，倒在玉泉里了。从此，那玉泉水就变成甜水了！

北京的老百姓，世世代代都忘不了高亮。为了纪念他，就把西直门外的那座石桥，叫高亮桥。高亮赶水时，龙王爷的水车轧了两条车道沟的村子，就叫车道沟；龙王奶奶坐在大青石上缠脚的那个村子，就叫缠脚湾；玉泉山下龙王爷的水车"误"住的那三个村庄，就叫南坞、中坞和北坞。高亮骑马回城的时候，拖着金枪在地上划出了一道深沟，沟里盛满了玉泉水。这条水沟就是金河，也叫高亮河。

直到如今，这些桥名、村名、河名，都还沿用着没有改变——老百姓还在怀念着为人民造福的高亮嘛！

讲述：阎文录

采录：张宝章

选自《中国民间故事集成·北京卷》

猎人海力布

（内蒙古·蒙古族）

从前有一个人名叫海力布，因为他靠打猎过活，大家都叫他安格沁海力布（猎人）。他很愿意帮助人，打来的禽兽，自己不单独享用，总按邻居的人口分给大家，因此，海力布很受大家欢迎。

一天海力布到深山去打猎，在密林中，他看见一条白蛇正盘睡在山丁子树下。他放轻脚步绕过去，不愿惊动它。正在这时，忽的从头上飞过来一只灰鹤，嗖的一声俯冲下来，用爪子抓住了睡着的小白蛇，又腾空飞去。小白蛇惊醒后，尖叫："救命！救命！"海力布急忙拉弓搭箭，对准顺山峰飞升的灰鹤射去。灰鹤一闪，丢下小白蛇就逃跑了。海力布对小白蛇说："可怜的小东西，快回去找你的爸爸妈妈吧！"小白蛇向海力布点了点头，表示了感谢，就隐到草丛里去了。海力布也收拾好弓箭回家了。

第二天，海力布正路过昨天走过的地方，看见一群蛇拥着一条小白蛇迎了上来。海力布觉得很奇怪，想绕道过去，那条小白蛇却向他说道："救命的恩人，您好吗？您可能不认得我，我是龙王的女儿，昨天您救了我的命,我的爸爸和妈妈今天特地叫我来这儿迎接您,请您到我们家里去一趟,我的爸爸和妈妈好当面感谢您。"小白蛇又继续说,"您到我的家里以后,我的爸爸和妈妈给您什么您都别要,只要我爸爸嘴里含着的宝石。您得着那块宝石,把它含在嘴里,就能听懂这世上各种动物的话。但是,您所听到的话,只能自己知道,不要向别人说,如果向别人说了,那么您就会从头到脚,变成僵硬的石头而死去。"海力布听了,一面点头,一面跟着小白蛇往深谷里去,越走越冷,最后走到一个仓库门前。小白蛇说:"我的爸爸和妈妈不能请您到家里去坐,就在仓库门前等您,现在已经来到这里了。"小白蛇正说着的时候,老龙王已经迎上前来,很恭敬地说:"您救了我的爱女,我真感谢您!这是我聚藏珍宝的仓库,我带您进去看看,您愿意要什么,就拿什么去,请您不要客气!"说着,把仓库门开开,引海力布进屋。只见屋里全是珍珠、宝石,辉煌夺目。老龙王引着海力布看完这个仓库,又走到那个仓库,一共走了108个仓库,但是海力布没有看中一个宝贝。老龙王很难为情地向海力布问:"我的恩人,我这些仓库里的宝物,您一个也不稀罕吗?"海力布说:"这些宝物虽然都很好,但只可以用来做美丽的装饰品,对我们打猎的人来说,没有什么用处。如果龙王爷真想给一点东西作纪念,就请把您嘴里含的那块宝石给我吧!"龙王听了这话,低头想了一会,只好把嘴里含的宝石吐出来,递给海力布。

  海力布得了宝石,辞别龙王出来的时候,小白蛇又跟着出来,再三叮嘱说:"有了这块宝石,您什么都可以知道。但是,您所知道的一切,一点也不许向别人说。如果说了,那时一定有危险,千万记住!"

  从此,海力布在山中打猎更方便了。他能听懂雀鸟和野兽的语言,隔着大山有什么动物他都知道。这样过了几年,有一天,他仍然到山里打猎,忽然听见一群飞鸟议论说:"我们快到别处去吧!明天这里附近的大山都要崩裂，涌出的洪水，泛滥遍野，不知要淹死多少野兽！"

海力布听见了这个消息，心里很着急，也没有心思再打猎了。他赶紧回家，向大家说："我们赶快迁移到别处去吧！这个地方住不得了！谁要不相信，谁就来不及后悔了！"

大家听了他的话都很奇怪，有的认为根本不会有这种事，有的认为可能是海力布发疯了，谁都不相信。海力布急得掉下眼泪说："难道只有我死了，你们才相信我的话吗？"

几个年老的人向海力布说：

"你从来不说谎话，这是我们大家都知道的。可是你现在说，这个山要崩裂，涌出的洪水泛滥遍野，这又有什么根据呢？请你告诉我们！"

海力布想：灾难立刻就要到来了。如果我只知道自己避难，让大家遭灾，这能行吗？我宁肯牺牲自己，也要救出大家。于是，他把如何得到宝石，如何用来打猎，今天又如何听见一群飞鸟议论和忙着逃难的情形，以及不能把听来的事情告诉别人，如果告诉了，立刻就会变成石头而死等等，全都讲了出来。海力布边说边变化，渐渐地变成了一块僵硬的石头。大家看见海力布变成了石头，立刻很悲痛地赶着牛羊马群，把家迁走。大家正在走的时候，天空阴云密布，大雨一整夜下个不停；第二天早晨，雷声隆隆，一声震天动地的巨大响声炸起，霎时山崩水涌，洪水滔滔。大家都感动地说："要不是海力布为大家而牺牲，我们都会被洪水淹死了！"后来大家找到了海力布变的那块石头，它仍然搁在一个山顶上。为了纪念牺牲自己、保全大家的英雄海力布，蒙古族人的子子孙孙都祭祀着他。据传说，现在还有叫"海力布石头"的地方。

搜集整理：甘珠扎布

选自《民间文学》